ERMOS
E GERAIS

Bernardo Élis (1915-1997)

ERMOS E GERAIS
(Contos goianos)

Bernardo Élis

Edição preparada por
LUIZ GONZAGA MARCHEZAN

Martins Fontes
São Paulo 2005

*Copyright © 2005, Livraria Martins Fontes Editora Ltda.,
São Paulo, para a presente edição.*

1ª edição
abril de 2005

Acompanhamento editorial
Helena Guimarães Bittencourt
Revisões gráficas
*Célia Regina Camargo
Maria Regina Ribeiro Machado
Dinarte Zorzanelli da Silva*
Produção gráfica
Geraldo Alves
Paginação
Moacir Katsumi Matsusaki

Dados Internacionais de Catalogação na Publicação (CIP)
(Câmara Brasileira do Livro, SP, Brasil)

Élis, Bernardo, 1915-1997.
 Ermos e gerais (contos goianos) / Bernardo Élis ; edição preparada por Luiz Gonzaga Marchezan. – São Paulo : Martins Fontes, 2005. – (Coleção contistas e cronistas do Brasil / coordenador Eduardo Brandão)

Bibliografia.
ISBN 85-336-2124-8

 1. Contos brasileiros 2. Élis, Bernardo, 1915-1997. Ermos e gerais – Crítica e interpretação I. Marchezan, Luiz Gonzaga. II. Brandão, Eduardo. III. Título. IV. Série.

05-1855 CDD-869.93

Índices para catálogo sistemático:
1. Contos goianos : Literatura brasileira 869.93

Todos os direitos desta edição para a língua portuguesa reservados à
Livraria Martins Fontes Editora Ltda.
*Rua Conselheiro Ramalho, 330 01325-000 São Paulo SP Brasil
Tel. (11) 3241.3677 Fax (11) 3101.1042
e-mail: info@martinsfontes.com.br http://www.martinsfontes.com.br*

COLEÇÃO
"CONTISTAS E CRONISTAS DO BRASIL"

Vol. VI – Bernardo Élis

Esta coleção tem por objetivo resgatar obras de autores representativos da crônica e do conto brasileiros, além de propor ao leitor obras-mestras desse gênero. Preparados e apresentados por respeitados especialistas em nossa literatura, os volumes que a constituem tomam sempre como base as melhores edições de cada obra.

Coordenador da coleção, Eduardo Brandão é tradutor de literatura e ciências humanas.

Luiz Gonzaga Marchezan, que preparou o presente volume, é doutor em Letras pela USP e professor de Teoria Literária e do Programa de Pós-graduação em Estudos Literários da FCL da Unesp de Araraquara.

ÍNDICE

Introdução IX
Cronologia XXXI
Nota sobre a presente edição XXXV

ERMOS E GERAIS

Nhola dos Anjos e a cheia do Corumbá .. 3
Um duelo que ninguém viu 13
André Louco 19
A mulher que comeu o amante 109
A crueldade benéfica de Tambiú 117
Papai Noel ladrão 125
Um assassinato por tabela 129
O menino que morreu afogado 139
O louco da sombra 143
Cenas de esquina depois da chuva 151
A virgem santíssima do quarto de Joana . 155
Trecho de vida 171
O caso inexplicável da orelha de Lolô ... 175

O engano do seu vigário 191
Noite de São João 195
O diabo louro 203
O erro de sá Rita 217
O papagaio 221
Pai Norato 229
As morféticas 239

INTRODUÇÃO

Ermos e gerais, livro de estréia de Bernardo Élis, compõe-se de dezenove contos e uma novela. O narrador dos contos relata-nos sempre casos. Um dos sentidos de caso é o de um conto, na forma de uma narrativa falada ou escrita, concisa, que contém uma unidade dramática, concentrada numa única ação. Dessa maneira, caso e conto podem traduzir as circunstâncias de um acontecimento. O caso assim, como em Bernardo Élis, organiza-se diante do ouvido, do questionado, do avaliado, de tudo o que propaga sensações, gestos; tem vínculos com a moral: é uma forma de julgamento. E exprime a oralidade de um país, em meio à moral e aos valores populares, bem como o concebe Bernardo Élis. Na única novela do livro, "André Louco", o narrador é uma personagem, uma criança, que se volta, conforme a óptica da forma literária da novela, para vários acontecimentos paralelos: impressões, comoções, como as trabalhadas nos contos, porém como micronarrativas que progridem ao lado do motivo principal da narrativa da novela.

Bernardo Élis, em 1989, num depoimento em mais de cem páginas dado ao professor Giovanni Ricciardi, da Facoltà di Lingue e Letterature Straniere, da Itália, confessa-lhe: *Ermos e gerais* foi "a maior emoção literária de toda a minha vida"[1]. Com a mesma desenvoltura, explica ao professor italiano o título do livro: "*Ermo* significa deserto, descampado, solitário, como era grande parte do planalto central do Brasil; *gerais* tem mais compreensão geográfica, querendo dizer campos extensos e desabitados, cujas terras se acham inaproveitadas."[2]

Mário de Andrade observou na orelha de *Ermos e gerais*, quando do seu lançamento em 1944, e que permaneceu na segunda edição do livro, em 1959, que Bernardo Élis tem "o dom de impor na gente, de evidenciar a *sua* realidade, pouco importando que esta *sua realidade* seja ou não o real da vida real".

A realidade literária de Bernardo Élis, de acordo com a observação de Mário de Andrade, constitui-se da oralidade e da paisagem goianas

---

1. YATSUDA, Enid; CARNEIRO, Flávia Leão (orgs.). "Dossiê Bernardo Élis". *Remate de males*. Revista do Departamento de Teoria Literária da Unicamp: Campinas, n.º 17, p. 83, 1997.
2. *Op. cit.*, p. 99.

que reverberam, por sua vez, o insólito, manifestação que sustenta a desumanização a que estão sujeitas suas personagens, plasmadas do que Evanildo Bechara[3] tão bem localizou na ficção de Élis, nos casos de "costumes passados em julgado, normais, arraigados". Os contos voltam-se para o que, em Goiás, sob o conhecimento do ficcionista, tramitou sem julgamento. A ira do julgamento manifesta-se no texto do contista, ao entrelaçar situações que envolvem a natureza humana com a natural e a animal num único corpo, o do homem desumanizado, alienado, louco, feroz. Nasce, assim, na ficção de Bernardo Élis, o insólito, de modo repentino, inesperado, momentos em que o destino do homem é julgado. Constitui-se, assim, o regionalismo desse autor goiano, que ora se traduz trágico, ora cômico, ora quase fantástico; que migra do sublime presente na natureza dos ermos e gerais para a revelação do grotesco na alma subterrânea do homem que habita esses lugares. Conforme a entrevista do autor, "a predominância do naturalismo físico [...], do descritivismo exterior" dão à narrativa um estilo à base de "recursos expressionistas", isso porque "o campo da literatura é muito mais amplo e profundo"[4].

---

3. BECHARA, Evanildo. "Apresentação". In: *Seleta de Bernardo Élis*. 2ª ed. Rio de Janeiro: José Olympio/INL, 1976, p. XIX.
4. YATSUDA, Enid; CARNEIRO, Flávia Leão, *op. cit.*, pp. 94, 96, 69 e 94.

A profundidade da literatura de Bernardo Élis pode ser divisada, em *Ermos e gerais*, por uma leitura que apreenda, nos contos, suas fábulas tragicômicas, em rápidas cenas; e, nos contos lacunares, como também na única novela, o mistério. Essa novela, com o mistério e a mesma cenografia presente nos contos, por meio de uma focalização, surpreendente, centrada num menino, enovela tensões diferentes, múltiplas, que se desdobram e devassam algumas almas dos ermos geralistas do universo ficcional de Élis.

"Nhola dos Anjos e a cheia do Corumbá", o primeiro conto do livro, contém as fortes marcas do ficcionista goiano: a história lacunar contada por quem sabe criar mistério, por meio de uma sucessão de cenas sustentadas nos ermos solitários, que revelam, de maneira insólita, na quietude das suas personagens, a desumanização de um grupo. Nhola é "entrevada", "estuporada"; o neto, "perrengue"; e o filho de Nhola, Quelemente, durante uma cheia do Corumbá, para salvar-se e ao seu filho, mata em vão a mãe, e, depois de notar o desaparecimento do filho na cheia, desespera-se e, parece-nos, suicida-se. "A noite era feito um grande cadáver, de olhos abertos e embaciados", revela-nos um trágico narrador, sempre afeito à descrição física da natureza para, por meio dela e de seu poder, contrastar e ressaltar a impotência de uma família, que se aniquila diante das "águas escachoantes, rugindo, espumejando, refletindo cinicamente a treva do céu parado, do céu defunto, do céu entrevado, estuporado".

"Um duelo que ninguém viu", como afirma o título, é mais uma história lacunar, que agora envolve a ficção de Bernardo Élis com tropeada e enfrentamento entre tropeiros que vivem sob um código de honra, próprio de uma época, a do coronelismo. Tais circunstâncias narradas envolvem-no muito com as histórias de Hugo Carvalho Ramos, autor também goiano que tanto admira. O duelo, que a história não encena, enseja, por meio da recordação de um coronel, a lembrança de uma época que findou: os serviços de tropa estão no seu final, assim como os valores desse tempo, que o coronel bem percebe enquanto lamenta, num diálogo com um narrador pressuposto, a morte do seu fiel tropeiro e comandado, naquele duelo que ninguém viu.

"A mulher que comeu o amante" intitula, aparentemente, uma história humorada. A reversão dessa expectativa, porém, é trabalhada pelo autor que, mais uma vez, ambienta sua narrativa "num ermo [que] corria para qualquer banda", em que "era só armar mundéu para pegar quantos caititus, quantas pacas, quantos bichos quisesse", ou em que "bastava descer uma rampa e jogar o anzol n'água para ter peixe até dizer chega". Pois nesse ermo paradisíaco, exatamente, Bernardo Élis aprofunda a questão da animalização humana, à medida que, de acordo com a estratégia do caso, Camélia junta-se com Izé para matar Januário, amante seu. Para isso e para desumanizar as relações humanas naqueles ermos, o conto faz uma alusão ao canibalismo, no momento em que Camélia, com o novo pretendente, mata Januário jogando-o no poço de piranhas para, depois, pela tardinha, jantar dessas mesmas piranhas.

Os ermos em "A crueldade benéfica de Tambiú" caracterizam "Amaro Leite, fundada pelo bandeirante que lhe deu o nome, [...] uma povoação cadavérica do então anêmico sertão goiano". A narração agressiva tem a função inicial de revelar a violência, para, depois, reverter as expectativas do leitor, do trágico para o cômico. Tambiú, soldado devasso, de passagem por Amaro, atira num olho de Nequinho, notório desocupado do local. Acontece que o olho de vidro que Nequinho coloca rende-lhe um papel remunerado num circo mambembe, enquanto Tambiú morre na faca de um barqueiro do Tocantins.

A violência, como vemos, explicita-se nas histórias de Bernardo Élis. Cenas rápidas dão vários tons a ela. Marcam-na. A própria natureza a protagoniza. Em "O menino que morreu afogado", a violência ditada pela natureza, por meio de "redemoinhos traiçoeiros das águas barrentas

[...] numa volúpia diabólica de destruição", mata um menino pobre de um ermo em que nadar é a única diversão de criança pobre. Os ermos penalizam as crianças, a sua sorte, assim como espelham, em "O diabo louro", a sua truculência no papel do ferino, do bestial Chico Brasa, componente de uma frente revoltosa contrária ao governo Artur Bernardes. A natureza o recebe e o acusa, ao lado da sua tropa:

> Estrugia na chapada o estrupido de mil patas, num batuque de matraca, acordando montes e matas.
> No fundo verde-escuro das perambeiras, os córregos vadios gemiam, recordando as bandeiras que assim em estrepolia os revolveram.

A violência promovida pelos homens tem requintes planejados e, sempre, diante de contrastes, abrangendo-os com a natureza e com a sua natureza. "Um assassinato por tabela" envolve Benício, um fazendeiro, com venda "na beira da estrada", marido de Fulô, que a força a assassinar o amante, Ramiro, sangrando-o com a faca, enquanto o mato "coava uma luz verdolenga, de paz grandiosa, de paz santificada, de igrejas velhas". A manhã desse dia "tinha uma ingenuidade majestosa, uma alegria inocente e virgem, como se fosse a primeira manhã de inauguração desse velho mundão de Cristo".

Nos contos de cenas rápidas, o mero acaso também assume a sua parcela de violência nas histórias de Bernardo Élis. Em "Papai Noel ladrão", numa manhã, enquanto os filhos da patroa, com roupa nova, falam de Papai Noel, o filho da cozinheira, sujo, ouve-os e resolve, como eles, deixar o sapato da mãe na janela para o presente do Papai Noel. Um cachorro "romântico", porém, carrega o sapato da cozinheira, que castiga o filho. Assim como em "Cenas de esquina depois da chuva", uma moça de vestido novo, após uma chuva, como "enxurrada suja de maldade", é enlameada pelos pneus de um automóvel.

A morte, ao lado da violência, também coloca o homem diante dos seus limites. A violência limita a sua racionalidade, desumaniza-o abruptamente; a morte revela-o impotente, perplexo. Conta-nos o narrador, em "Trecho de vida", a alheação de uma personagem, atônita com uma morte. Sá Babita sofre pelo fato de ter perdido um filho com apenas seis dias de vida, que foi enterrado em local desconhecido dentro de um cemitério. A morte nos ermos tem, por sua vez, requintes que a intensificam. Como no conto "O engano do seu vigário", em que, no seu início, do interior da sua igreja, um vigário, com os olhos apontados para a encosta que antecede a cidade, confunde um acampamento de ciganos, lá instalado, com uma teia de aranha. Acontece que o engano do vigário, perpassado pelo labirinto misterioso de uma teia de aranha, sustenta, ao seu modo, o mistério do suicídio de uma ciganinha daquele acampamento que "desconfiou que a vida fazia com ela o mesmo que ela fazia com os outros", e, por isso, tomou formicida e morreu. Um acontecimento, por sua vez, visto também de modo realista por um vendeiro dos ermos, que declarou, mediado pelo narrador: "– Veja só! Ela, que sabia adivinhar o futuro, suicidou-se... e deixou a frase imprecisa, num contorno vago."

Os ermos e os gerais representam regiões afastadas dos centros de decisões; neles, por isso, sobrepõe-se um tempo, que é tematizado pelo ficcionista em histórias de heróis sem domínio do seu querer, alheados, apartados do mundo, do desejo.

"Noite de São João" mostra-nos Jeremias, velho que, na noite de uma festa junina, lembra-se jovem e ao lado de Anica, num encontro do passado, noutra festa de São João. Naquela festa, Jeremias viu brotar a sua paixão por Anica, porém nunca soube declarar-se apaixonado por ela. Subitamente, agora, durante a festa narrada, acha que vê Anica ao seu lado, velha como ele, decrépita, à beira da fogueira, e, mesmo assim, ele ainda não consegue dirigir-lhe a palavra ou certificar-se da sua presença. Trata-se de mais uma história lacunar, em que a ênfase dada para o alheamento da personagem aproxima-nos de uma situação de hesitação, quase fantástica, a ponto de não podermos concluir com quem, de fato, se encontrou Jeremias.

"O louco da sombra" supera o fantasmático e aproxima-se do mórbido. Um viajante atravessa a região das "gerais areentas", transpõe rio "seco, mostrando a ossada dos seixos alvacentos", e, durante um pouso, numa dada fazenda, depara-se com um vulto, que aparece diante do lume de uma luz. Trata-se de Luiz, filho do fazendeiro Carlos, que enlouqueceu de amor pela prima, impedido que foi pelo pai de casar-se com ela e que, diante disso, como um errante, vaga pela noite.

O alheamento das personagens, a que já nos referimos, afasta-as do seu querer ser, momento em que também são dominadas pelos que têm poder. O poder, sempre nas mãos de coronéis, é uma hipertrofia, uma hipérbole, que exagera o todo, com excessos, a fim de nos representar, com ênfase, mais uma vez, a desumanização do homem comum, aniquilado, animalizado, monstruoso. Irrompe, assim, nas narrativas, o insólito, que extrapola o convencional e evidencia, intensifica o significado. O insólito, o grotesco, apontam-nos uma deformação significativa – a degradação física e espiritual do homem – com a finalidade de representar a degradação de um tempo vivido nos ermos e gerais.

O conto "A virgem santíssima do quarto de Joana" expõe a conduta de um coronel que pune uma criada, Joana, depois de vê-la envolvida com o seu filho, forçando-a a casar-se com um coveiro. O filho faz-se médico e, tempos depois, atesta a morte de Joana, ao lado do filho, na verdade, filho seu com Joana. Ele friamente a reconhece, pois, na parede do quarto de Joana, há o retrato da santíssima, que ocupara a parede do quarto de Joana na casa do coronel, seu pai. Diante disso, o leitor reconhece que o poder, o poder do poder, o traço do poder que desumaniza havia migrado do coronel para o seu filho, e que o filho daria continuidade para a ação truculenta de um dado tempo.

Nos ermos e gerais, o destino do homem é conduzido ou pelo poder do coronelismo ou pelo poder do acaso, do imprevisível, do que, paradoxalmente, não se prende a um domínio lógico, mas que condiciona uma situação e regula o valor de um comportamento. O imprevisível, nos ermos geralistas, muitas vezes, adquire comicidade, burla o esperado e mostra o homem diante do ridículo, do escárnio.

Em "O erro de sá Rita", a personagem do título nasce de uma aventura amorosa, a mãe morre no parto e ela fica com a avó. Diante dessa má sorte, Rita transforma-se num estorvo, até na hora da morte, que coincide com a comemoração do centenário da sua cidade, exigindo do povo tanto participar da festa da cidade como do seu velório.

No conto "O papagaio", o louro de Sinhana sempre fugia de casa. De repente, foge de vez. Briga com os outros papagaios do ermo, e aparece morto no fundo do quintal de Sinhana. Poderia não ser o mesmo bicho, insinua-nos a narrativa. Acontece que, até por essa dúvida, o louro de Sinhana representa uma fábula em que o ingrato recebe o merecido e o desprezo, a punição com a morte, pelos próprios papagaios.

O imprevisível, por seu turno, nas narrativas bem conduzidas por Bernardo Élis, acompanha o insólito com desenlaces fantásticos. É o caso de "O caso inexplicável da orelha de Lolô". Anísio mata Lolô quando fica sabendo do envolvimento do agregado da fazenda com Branca, sua grande paixão, e, de raiva, arranca-lhe a orelha. Lolô, no entanto, pouco antes de morrer, profetiza-lhe: voltaria, caso Branca fosse molestada por Anísio. Anísio prende Branca num porão, antigo reduto de escravos, e coloca uma cobra para picá-la e matá-la. Tempos depois, a orelha de Lolô atualiza a profecia do agregado: metamorfoseia-se numa urutu, que pica e mata Anísio. "O caso inexplicável da orelha de Lolô" foi eleito inúmeras vezes pela crítica como um conto antológico. Ele, de fato, estabelece a poética de Bernardo Élis. Apresenta-nos, logo no início da narrativa, o senso descritivo do autor, que observa a natureza com a função, freqüente, de homologar o tema das suas fábulas: "O crepúsculo começou a devorar tragicamente os contornos da paisagem. O azul meigo do céu tomou uma profundidade confusa, onde estrelas surgiam como cadáveres de virgens nuas, em lagoas esquecidas [...]". A descrição, como se vê, volta-se para uma analogia que contrasta a particularidade com que se encontra o céu, com uma luminosidade crepuscular que oculta o detalhe, a presença das estrelas, com outra particularidade: a prisão de Branca, uma beldade, no porão escuro de um casarão, local em que morrerá. Esse conto modelar da ficção de Bernardo Élis registra também, em seus diálogos, o coloquialismo, a oralidade assumida pelo autor em suas narrativas:

– Bas noites.
– Ê!, João, como é que vai? Recebeu meu recado?
– É o sinhô, seu Anísio? Recebi, nhor sim. O Joca me falou pra mim trás antonte.

"O caso inexplicável da orelha de Lolô" constitui-se, assim, numa narrativa produto de uma hipérbole expressionista de Élis, a que intensifica a evidência do abandono em que se encontra a gente do sertão goiano, exposta à violência e ao mando dos mais poderosos.

Imagens fortes, nas narrativas de Bernardo Élis, representam, em meio aos papéis de suas personagens, o abandono e a conseqüente desumanização da região interiorana goiana. Tais imagens ocupam, de uma maneira exagerada, hiperbólica, os textos de dois contos grotescos do ficcionista, que ligam a conduta das suas personagens condicionadas com as naturezas natural e animal. O primeiro deles, "Pai Norato". Norato, que pratica a abstinência, tem pacto com bichos da mata. Até o momento em que mata o filho do afilhado para dormir com sua mulher. Com isso, perde o encanto e é devorado por uma onça. "As morféticas", o segundo conto, traz um caminhoneiro, personagem e narrador, que se depara com morféticas, mulheres podres de doença. A natureza, por sua vez, durante a viagem, prenuncia-lhe acerca da truculência do lugar: "Uma várzea azul, de buritizais dum verde latejante, deu-me um soco na retina e sumiu-se logo, sem que pudesse observar pormenores, sem que a pudesse compreender ao menos." Para, a seguir, em mais um paralelo entre a natureza e o homem, aparecer a crueza da lepra no relato:

> Eis o que vi: quatro espetros vestidos de xadrez, apalermados ante a luz forte. Tinham as faces encaroçadas, as orelhas inchadas, tumefactas, uns tocos de dedos retorcidos e engelhados,

o crânio pelado e purulento. Principiaram a conversar entre si. A voz saía fanhosa, fina, soprada pelo nariz. Uma voz nojenta, leprosa.

"André Louco" é uma novela publicada, primeiramente, ao lado dos contos de *Ermos e gerais*, em 1944. Depois, "com base no espaço ficcional" que a sustenta, conforme explicação do autor, aparece, no ano de 1978, intitulando nova publicação[5], juntamente com contos de *Caminhos e descaminhos*, de 1965, e *Caminhos dos gerais*, de 1975.

Ainda no depoimento dado ao professor Giovanni Ricciardi, Bernardo Élis afirma que a novela "André Louco", relançada em 1978, está "completamente modificada"[6], transformação que, por motivos que desconhecemos, não acontece naquela edição. Trata-se da mesma novela, de um belo texto que homologa a saudação que Aurélio Buarque de Holanda fez ao ficcionista quando o recebeu na Academia Brasileira de Letras: "Sentis como poucos seres a gravidez da noite, a quietez noturna [...] assimilais e transfundis em vossas veias o sangue da pulsação das madrugadas."

A noite, simbolicamente, constitui-se na figura de um todo imenso e sem nitidez, sem de-

---

5. Cf. ÉLIS, Bernardo. *André Louco*. Rio de Janeiro: José Olympio, 1978.
6. YATSUDA, Enid; CARNEIRO, Flávia Leão, *op. cit.*, p. 89.

finição. A noite na ficção de Bernardo Élis, e, desse modo, em "André Louco", situa, compõe, cenograficamente, o drama, a aflição da alma humana, da angústia humana presente num povoado dos ermos e gerais, às voltas com um caso de loucura. Temos, assim, nessa novela, de um lado, como que a noite dos tempos, para que, de outro, tenhamos ressaltados, nos locais encenados, os momentos do homem que não passou por mudanças, não aprendeu a mudar, reverter uma situação. O tempo, assim, o típico dos ermos, mostra-se eterno, o de um mundo perdido para sempre, de um lugar pouco reconhecível. Bernardo Élis, conforme objetiva, quer contrapor o fluxo do tempo desse mundo com o da vida moderna e dinâmica, reconhecendo-o, porém, primeiramente, como o tempo do seu mundo, e de um ponto de vista poético:

> O lampião clareava o chão coberto de capim, as mangueiras, as paredes das casas. Sua luz refletia-se nas vidraças das casas fechadas, tristes, quietas, paradas. O gado que dormia na rua levantava os olhos para a luz. Outras reses estavam deitadas mesmo na estrada que atravessava a rua. Para passar, os homens as cotucavam com as bengalas. As vacas leiteiras moviam-se pachorrentamente, molengas, em movimentos pacatos.

Élis, poeticamente, representa um modo de viver primitivo, em que o hábito do homem, como no exemplo que segue, tem o ritmo, agora, também, figurado pela toada de um carro de boi, captada pela sonora acuidade do narrador: "O barulho das rodas broncas, dando bacadas pelo pedrouço dos barrancos, era só o rumor estrondoso de trovão."

A narração da história tem a dicção de um menino, que relata acontecimentos conhecidos. Há, para tanto, uma distância temporal, entre o passado da história e o presente da narração, vazios muitas vezes preenchidos pelas observações do adulto que se faz um narrador menino. Assim, de um lugar nos gerais, a partir de um ermo, a narração dessa novela promove uma situação em que o leitor imagina, por meio da situação forjada pela narrativa, a relação que a enunciação do texto forjou entre homem, natureza e animais; uma relação, como lemos, agressiva, como a que os homens têm entre si. A novela "André Louco" representa, mais uma vez, a relação agressiva entre os homens, reverberada, por contraste, pela natureza.

"André Louco", do ponto de vista de um narrador onipresente, é um construtor de estereótipos. As personagens da novela vivem um contraste entre momentos dramáticos. A ação da novela, a sua composição é, assim, multiforme; contém várias unidades dramáticas, correlatas, que se sucedem; inclui "núcleos dramáticos" e, desse modo, justapõe as preferidas cenas rápidas do ficcionista.

De acordo com a solução da narrativa para a sua história, André, entre o campo e a cidade, mata, é preso e, posteriormente, morre. Esses atos desencadeiam outras unidades dramáticas, de modo ininterrupto, com cenas em movimento. André torna-se o pivô desses núcleos dramáticos, com seus gritos que inundam a noite e que se propagam junto ao barulho das correntes que o aprisionam. A noite, dessa maneira, traz, em primeiro lugar, o medo que todos sentem de André; depois, traz Maragã, irmã e amante de João Mané, o carcereiro. Maragã, segundo os assombramentos locais, na quaresma, "virava assombração. Virava um cachorrão peludo, que percorria os quintais, depois da meia-noite, comendo cueiros sujos de obra de menino novo". Escutemos a voz do narrador: "Meia-noite [...], era umas três horas mais tarde do que as meias-noites de hoje em dia, com luz elétrica." A noite assombra Joana, que, por sua vez, assombra quem a ouve. Para ela, os estalidos da cumeeira da casa em que se empregava "eram do curupira que de noite andava passeando pelo vigamento, brincando pelas ripas [...]". A própria sombra de Joana, na noite, segundo o narrador, "escorria pelo soalho do quarto, dobrava-se pela parede acima e depois a sua cabeça tornava a dobrar-se, projetada no teto de telha vã". Ao lado da tensão provocada pela loucura de André, da presença dos adoradores da noite ou de meros agouros que a mesma noite traz, as personagens da novela mostram-se dramáticas, divididas, duplas: João, dono de uma venda, mostra-se ora bondoso, ora avarento; sua mulher, Zefinha, com dores que vêm e vão; Antão, arrieiro valente, seguro, faz-se também bravateiro; sá Maria Lemes, religiosa fervorosa, passa a depender do demente, e se afoga, "em verdadeira orgia piedosa". Todas essas personagens estereotipadas, como requer uma novela, constituem-se em agentes de pequenas peripécias, situações em que o tempo, encadeado, homogêneo, flui, de forma linear, atendendo à sucessão dos episódios enovelados. "André Louco" tem uma narrativa dinâmica; prende-se à ação, pouco analisa a personagem; trabalha com cenas de movimento, ininterruptas, de forma dramática, revelando-nos, no fundo, a hipocrisia humana, conforme constatamos no depoimento do dentista do local: "Precisamos do Louco, seu João. Precisamos muito dele. Sem o Louco ninguém agüenta a insipidez da cidade."

Herman Lima, na orelha da segunda edição de *Ermos e gerais*, tem um comentário para essa novela de Bernardo Élis, que confirma nossa interpretação: "o que palpita através dessa epopéia de maldições, de sustos, de crueldade inconsciente, de barbárie, é, por certo, a sublimação da grande noite moral que paira [...]" latente na narrativa.

As linhas de força do texto de Bernardo Élis, queremos relevar, tecem-no com base na oralidade de uma região, sem, no entanto, o propósito de demarcar uma divisão regional geográfica. Ao introduzir uma antologia de textos de Valdomiro Silveira, Élis[7] observou:

> Entre a última década do século passado e a Semana de Arte Moderna (ah, a exigência de marcos!), vários contistas sobressaíram no Brasil, no campo do que se chama regionalismo. Muito vago e contestado, o rótulo regionalismo para nós se caracteriza em dois traços fundamentais:
> 1 – representa uma forma literária do Brasil tradicional, não urbanizado, refletindo uma sociedade não industrializada;
> 2 – a camada lingüística deste regionalismo está embasada na singularidade dialetal do contexto, numa linguagem singular-rural, enquanto na ficção urbana o estilo da linguagem referencial, do código comum.

Com base nesses traços definidores, as obras ditas regionais se valem de palavras, expressões, modismos, estilo, estruturas próprias da linguagem utilizada pelos integrantes da cultura tradicional, quer sejam no norte, nordeste, sul, leste ou centro-oeste do Brasil.

---

7. ÉLIS, Bernardo (org.). Introdução. In: *O mundo caboclo de Valdomiro Silveira*. Rio de Janeiro: José Olympio/INL/Secretaria da Cultura de São Paulo, 1974, p. XIV.

O regionalismo literário de Bernardo Élis prende-se, sem dúvida, a uma região, a dos ermos geralistas de Goiás, que enquadra e caracteriza culturalmente fragmentos geográficos interioranos da região. Para Gilberto Mendonça Teles[8], a expressão regionalista de Élis volta-se "para os problemas do homem rural, perdido nas mais distantes localidades do interior", o que possibilita ao crítico qualificá-lo como um autor filiado "ao neo-realismo brasileiro, caracterizado pelas intenções ideológicas, de comprometimento na reforma social, dentro portanto das mais antigas tradições da prosa de ficção". Ou, como afirma Bernardo Élis na comentada entrevista, o seu objetivo como ficcionista foi de sempre "aproveitar o coloquial regional goiano, bem como a paisagem natural, como verismo realista"[9].

LUIZ GONZAGA MARCHEZAN

---

8. TELES, Gilberto Mendonça. "O testemunho literário de *Ermos e gerais*". In: BECHARA, Evanildo. *Seleta de Bernardo Élis*. Rio de Janeiro: José Olympio/INL, 1974, pp. 169-75.
9. YATSUDA, Enid; CARNEIRO, Flávia Leão, *op. cit.*, p. 69.

CRONOLOGIA

1915-33. Nascimento de Bernardo Élis Fleury de Campos Curado em Corumbá de Goiás (GO), em 15 de novembro de 1915. Filho de Érico José Curado e de Marieta Fleury Curado. É alfabetizado pelo pai, poeta. Faz o primário no Grupo Escolar da capital do Estado. Curso ginasial e clássico no Liceu de Goiás. Escreve o seu primeiro conto aos doze anos, inspirado em *Pelo sertão*, de Affonso Arinos. Lê, particularmente, Machado, Eça e os modernistas.

1934. Inicia a sua participação em acontecimentos literários na região central do Brasil, a mesma em que, na sua obra, encenará o descaso e o abandono a que a gente simples de Goiás é submetida por seu explorador, o coronel.

1936. É nomeado escrivão do cartório do crime de Corumbá, sua primeira função pública.

1939. Transfere-se para Goiânia, como secretário da Prefeitura Municipal, cargo em que permanece por duas legislaturas.

1942. Muda-se para o Rio de Janeiro com a intenção de iniciar na capital federal a publicação de sua produção literária. Frustrado no seu intento, retorna para Goiás, onde publica, na revista *Oeste*, o conto "Nhola dos Anjos e a cheia do Corumbá".

1944. Publica *Ermos e gerais*, obtendo reconhecimento nacional. Seguindo as trilhas do também goiano Hugo de Carvalho Ramos, com essa obra Élis recoloca, na literatura brasileira, a questão do sertanismo, que, depois, teria seqüência com Guimarães Rosa (*Sagarana*, 1946), Mário Palmério (*Vila dos Confins*, 1956) e José J. Veiga (*Os cavalinhos de Platiplanto*, 1959). Data dessa época sua filiação ao Partido Comunista Brasileiro.

1945. Forma-se na Faculdade de Direito. O pai estimula-o para as letras. Em São Paulo, durante o I Congresso de Escritores, conhece vários escritores nacionais; funda em Goiânia a seção local da Associação Brasileira de Escritores, sendo eleito seu presidente. A partir de então, participa de congressos de escritores realizados em São Paulo, Belo Horizonte e Porto Alegre. É desse período o seu ingresso, como professor, na Escola Técnica de Goiânia. Manterá firmes, nos anos seguintes, os seus laços com o magistério e com a vida literária. Foi co-fundador, vice-diretor e professor do Centro de Estudos Brasileiros da Universidade Federal de Goiás. Também leciona na Universidade Católica do mesmo Estado.

1951. Publica em folhetim, no rodapé do jornal *O Estado de Goiás*, o romance *A terra e as carabinas*.

1953. Promove o I Congresso de Literatura de Goiás, ano em que publicará o seu livro de poemas *Primeira chuva*.

1956. Publica o romance *O tronco*.

1964. O regime militar, dada a ideologia do ficcionista, aposenta-o como professor da Escola Técnica de Goiânia, exonera-o da Universidade Federal de Goiás e impede-o de lecionar na Universidade Católica do Estado.

1965. Publica os contos *Caminhos e descaminhos*. É agraciado com o prêmio José Lins do Rego.

1966. Publica o livro de contos *Veranico de janeiro*, pelo qual lhe é concedido o prêmio Jabuti da Câmara Brasileira do Livro.

1967. Recebe o prêmio Affonso Arinos, da Academia Brasileira de Letras, por *Caminhos e descaminhos*.

1970. Volta ao Rio de Janeiro como Assessor Cultural junto ao Escritório de Representação do Estado de Goiás.

1975. Publica o livro de contos *Caminhos dos gerais*. Elege-se para a cadeira número 1 da

Academia Brasileira de Letras, recepcionado pelo acadêmico Aurélio Buarque de Holanda Ferreira.

1978. Publica o livro de contos *André Louco*. Em 8 de novembro, a censura federal proíbe a exibição de um "Caso Especial" da Globo baseado no seu conto "A enxada".

1979-85. A anistia é deflagrada pelo general Figueiredo. Élis é reconduzido à Escola Técnica e à Universidade Federal de Goiás. É nomeado diretor adjunto do Instituto Nacional do Livro. Faz parte também do Conselho Federal de Cultura.

1984. Publica o livro de contos *Apenas um violão*.

1987. Publica o romance *Chegou o governador*. Recebe o prêmio Candango, da Fundação Cultural de Brasília, pelo conjunto da sua obra, e a medalha do Instituto de Artes e Cultura de Brasília. Em 5 volumes, a Livraria José Olympio publica, na Coleção Alma de Goiás, a *Obra reunida de Bernardo Élis*, trazendo também seus ensaios e crônicas.

1996. O Centro de Documentação Cultural Alexandre Eulálio, Cedae, da Unicamp, adquire o acervo do escritor, denominado Fundo Bernardo Élis, contendo 1.400 artigos que compõem a fortuna crítica da sua obra.

1997. Morre na cidade de Goiânia, em 30 de novembro.

NOTA SOBRE A PRESENTE EDIÇÃO

O texto da presente edição de *Ermos e gerais* baseia-se no da 2ª. edição, publicada pela Editora Oió, de Goiânia, em 1959.

Preservou-se, em linhas gerais, a pontuação característica do autor, que norteou as correções a que se necessitou proceder. Além da atualização ortográfica, inclusive de nomes próprios (Anísio em vez de Anízio, p. ex.), foram ajustadas também as formas de tratamento e títulos, que passaram a ser grafados com inicial minúscula, como é hoje de praxe: dona, doutor, juiz, coronel, sá etc.

A fala das personagens, em que o autor procura transcrever as peculiaridades da oralidade local, segue, porém, as regras vigentes de acentuação gráfica, salvo nos casos em que o autor ressalta propositalmente a pronúncia popular, por exemplo, *rúim*. As palavras que o autor importa da oralidade para o discurso do narrador, este sempre conforme à norma culta, são grafadas entre aspas: "bão", "zóio", "xujo"...

ERMOS
E GERAIS

NHOLA DOS ANJOS E A CHEIA DO CORUMBÁ

– Fio, fais um zóio de boi lá fora pra nóis.

O menino saiu do rancho com um baixeiro na cabeça, e no terreiro, debaixo da chuva miúda e continuada, enfincou o calcanhar na lama, rodou sobre ele o pé, riscando com o dedão uma circunferência no chão mole – outra e mais outra. Três círculos entrelaçados, cujos centros formavam um triângulo equilátero.

Isso era simpatia para fazer estiar. E o menino voltou:

– Pronto, vó.

– O rio já encheu mais? – perguntou ela.

– Chi! tá um mar d'água. Qué vê, espia, – e apontou com o dedo para fora do rancho. A velha foi até a porta e lançou a vista. Para todo lado havia água. Somente para o sul, para a várzea, é que estava mais enxuto, pois o braço do rio aí era pequeno. A velha voltou para dentro arrastando-se pelo chão, feito um cachorro, cadela, aliás: era entrevada. Havia vinte anos apanhara um "ar de estupor" e desde então nunca mais se valera das pernas, que murcharam e se estorceram.

Começou a escurecer nevroticamente. Uma noite que vinha vagarosamente, irremediavelmente, como o progresso de uma doença fatal.

O Quelemente, filho da velha, entrou. Estava ensopadinho da silva. Dependurou numa forquilha a caroça, – que é a maneira mais analfabeta de se esconder da chuva, – tirou a camisa molhada do corpo e se agachou na beira da fornalha.

– Mãe, o vau tá que tá sumino a gente. Este ano mesmo, se Deus ajudá, nóis se muda.

Onde ele se agachou, estava agora uma lagoa, da água escorrida da calça de algodão grosso.

A velha trouxe-lhe um prato de folha e ele começou a tirar, com a colher de pau, o feijão quente da panela de barro. Era um feijão brancacento, cascudo, cozido sem gordura. Derrubou farinha de mandioca em cima, mexeu e pôs-se a fazer grandes capitães com a mão, com que entrouxava a bocarra.

Agora a gente só ouvia o ronco do rio lá embaixo – ronco confuso, rouco, ora mais forte, ora mais fraco, como se fosse um zunzum subterrâneo.

A calça de algodão cru do roceiro fumegava ante o calor da fornalha, como se pegasse fogo.

Já tinha pra mais de oitenta anos que os dos Anjos moravam ali na foz do Capivari no Corumbá. O rancho se erguia num morrote a cavaleiro de terrenos baixos e paludosos. A casa ficava num triângulo, de que dois lados eram formados por rios e o terceiro por uma vargem de buritis. Nos tempos de cheias os habitantes ficavam ilhados, mas a passagem da várzea era rasa e podia-se vadear perfeitamente.

No tempo da guerra do Lopes, ou antes ainda, o avô de Quelemente veio de Minas e montou ali sua fazenda de gado, pois a formação geográfica construíra um excelente apartador. O gado, porém, quando o velho morreu, já estava quase extinto pelas ervas daninhas. Daí para cá foi a decadência. No lugar da casa de telhas, que ruiu, ergueram um rancho de palhas. A erva se incumbiu de arrasar o resto do gado e as febres, as pessoas.

— "Este ano, se Deus ajudá, nóis se muda". Há quarenta anos a velha Nhola vinha ouvindo aquela conversa fiada. A princípio fora seu marido: — "Nóis precisa de mudá, pruquê senão a água leva nóis". Ele morreu de maleita e os outros continuaram no lugar. Depois era o filho que falava assim, mas nunca se mudara. Casara-se ali: tivera um filho; a mulher dele, nora de

Nhola, morreu de maleita. E ainda continuaram no mesmo lugar a velha Nhola, o filho Quelemente e o neto, um biruzinho sempre perrengado.

A chuva caía meticulosamente, sem pressa de cessar. A palha do rancho porejava água, fedia a podre, derrubando dentro da casa uma infinidade de bichos que a sua podridão gerava. Ratos, sapos, baratas, grilos, aranhas, – o diabo refugiava-se ali dentro, fugindo à inundação que aos poucos ia galgando a perambeira do morrote.

Quelemente saiu ao terreiro e olhou a noite. Não havia céu, não havia horizonte – era aquela coisa confusa, translúcida e pegajosa. Clareava as trevas o branco leitoso das águas que cercavam o rancho. Ali pras bandas da vargem é que ainda se divisava o vulto negro e mal recortado do mato. Nem uma estrela. Nem um pirilimpo. Nem um relâmpago. A noite era feito um grande cadáver, de olhos abertos e embaciados. Os gritos friorentos das marrecas povoavam de terror o ronco medonho da cheia.

No canto escuro do quarto, o pito da velha Nhola acendia-se e apagava-se sinistramente, alumiando seu rosto macilento e fuxicado.

– Ocê bota a gente hoje im riba do jirau, viu? – pediu ela ao filho. – Com essa chuveira de dilúvio tudo quanto é mundice entra pro rancho e eu num quero drumi no chão não.

Ela receava a baita cascavel que inda agorinha atravessou a cozinha numa intimidade pachorrenta.

* * *

Quelemente sentiu um frio ruim no lombo. Ele dormia com a roupa ensopada, mas aquele frio que estava sentindo era diferente. Foi puxar o baixeiro e nisto esbarrou com água. Pulou do jirau no chão e a água subiu-lhe ao umbigo. Sentiu um aperto no coração e uma tonteira enjoada. O rancho estava viscosamente iluminado pelo reflexo do líquido. Uma luz cansada e incômoda que não permitia divisar os contornos das coisas. Dirigiu-se ao jirau da velha. Ela estava agachada sobre ele, com um brilho aziago no olhar.

Lá fora o barulhão confuso, subterrâneo, sublinhado pelo uivo de um cachorro.

— Adonde será que tá o chulinho?

Foi quando uma parede do rancho começou a desmoronar. Os torrões de barro do pau-a-pique se desprendiam dos amarrilhos de embiras e caíam n'água com um barulhinho brincalhão – tchibungue – tibungue. De repente, foi-se todo o pano de parede. As águas agitadas vieram banhar as pernas inúteis de mãe Nhola:

— Nossa Senhora d'Abadia do Muquém!
— Meu Divino Padre Eterno!

O menino chorava aos berros, tratando de subir pelos ombros da estuporada e alcançar o teto. Dentro da casa, boiavam pedaços de madeira, cuias, coités, trapos e a superfície do líquido tinha umas contorsões diabólicas de espasmos epiléticos, entre as espumas alvas.

– Cá, nego, cá, nego – Nhola chamou o chulinho que vinha nadando pelo quarto, soprando a água. O animal subiu ao jirau e sacudiu o pêlo molhado, trêmulo, e começou a lamber a cara do menino.

O teto agora começava a desabar, estralando, arriando as palhas no rio, com um vagar irritante, com uma calma perversa de suplício. Pelo vão da parede desconjuntada podia-se ver o lençol branco, – que se diluía na cortina diáfana, leitosa do espaço repleto de chuva, – e que arrastava as palhas, as taquaras da parede, os detritos da habitação. Tudo isso descia em longa fila, aos mansos boléus das ondas, ora valsando em torvelinos, ora parando nos remansos enganadores. A porta do rancho também ia descendo. Era feita de paus de buritis amarrados por embiras.

Quelemente nadou, apanhou-a, colocou em cima a mãe e o filho, tirou do teto uma ripa mais comprida para servir de varejão, e lá se foram derivando nessa jangada improvisada.

– E o chulinho? – perguntou o menino, mas a única resposta foi mesmo o uivo do cachorro.

Quelemente tentava atirar a jangada para a vargem, a fim de alcançar as árvores. A embarcação mantinha-se a coisa de dois dedos acima da superfície das águas, mas sustinha satisfatoriamente a carga. O que era preciso era alcançar a vargem, agarrar-se aos galhos das árvores, sair por esse único ponto mais próximo e mais seguro. Daí em diante o rio pegava a estreitar-se entre barrancos atacados, até cair na cachoeira. Era preciso evitar essa passagem, fugir dela. Ainda se se tivesse certeza de que a enchente houvesse passado acima do barranco e extravasado pela campina adjacente a ele, podia-se se salvar por ali. Do contrário, depois de cair no canal, o jeito era mesmo espatifar-se na cachoeira.

– É o mato? – perguntou engasgadamente Nhola, cujos olhos de pua furavam o breu da noite.

Sim. O mato se aproximava, discerniam-se sobre o líquido grandes manchas, sonambulescamente pesadas, emergindo do insondável – deviam ser as copas das árvores. De súbito, porém, a sirga não alcançou mais o fundo. A correnteza pegou a jangada de chofre, fê-la tornear rapidamente e arrebatou-a no lombo espumarento. As três pessoas agarraram-se freneticamente aos buritis, mas um tronco de árvore que derivava chocou-se com a embarcação, que agora corria na garupa da correnteza.

Quelemente viu a velha cair n'água com o choque, mas não pôde nem mover-se: procurava, por milhares de cálculos, escapar à cachoeira, cujo rugido se aproximava de uma maneira desesperadora. Investigava a treva, tentando enxergar os barrancos altos daquele ponto do curso. Esforçava-se para identificar o local e atinar com um meio capaz de os salvar daquele estrugir encapetado da cachoeira.

A velha debatia-se, presa ainda à jangada por uma mão, desprendendo esforços impossíveis por subir novamente para os buritis. Nisso Quelemente notou que a jangada já não suportava três pessoas. O choque com o tronco de árvore havia arrebentado os atilhos e metade dos buritis havia-se desligado e rodado. A velha não podia subir, sob pena de irem todos para o fundo. Ali já não cabia ninguém. Era o rio que reclamava uma vítima.

As águas roncavam e cambalhotavam espumejantes na noite escura que cegava os olhos, varrida de um vento frio e sibilante. A nado, não havia força capaz de romper a correnteza nesse ponto. Mas a velha tentava energicamente trepar novamente para os buritis, arrastando as pernas mortas que as águas metiam por baixo da jangada. Quelemente notou que aquele esforço da velha estava fazendo a embarcação perder a estabilidade. Ela já estava quase abaixo das águas. A velha não podia subir. Não podia. Era a morte que chegava abraçando Quelememte com o manto líquido das águas sem fim. Tapando a sua respiração, tapando seus ouvidos, seus olhos, enchendo sua boca de água, sufocando-o, sufocando-o, apertando sua garganta. Matando seu filho, que era perrengue e estava grudado nele.

Quelemente segurou-se bem aos buritis e atirou um coice valente na cara aflissurada da velha Nhola. Ela afundou-se para tornar a aparecer presa ainda à borda da jangada, os olhos fuzilando numa expressão de incompreensão e terror espantado. Novo coice melhor aplicado e um tufo d'água espirrou no escuro. Aquele último coice, entretanto, desequilibrou a jangada, que fugiu das mãos de Quelemente, desamparando-o no meio do rio.

Ao cair, porém, sem querer, ele sentiu sob seus pés o chão seguro. Ali era um lugar raso. Devia ser a campina adjacente ao barranco. Era raso. O diabo da correnteza, porém, o arrastava, de tão forte. A mãe, se tivesse pernas vivas, certamente teria tomado pé, estaria salva. Suas pernas, entretanto, eram uns molambos sem governo, um estorvo.

Ah! se ele soubesse que aquilo era raso, não teria dado dois coices na cara da velha, não teria matado uma entrevada que queria subir para a jangada num lugar raso, onde ninguém se afogaria se a jangada afundasse...

Mas quem sabe ela estava ali, com as unhas metidas no chão, as pernas escorrendo ao longo do rio?

Quem sabe ela não tinha rodado? Não tinha caído na cachoeira, cujo ronco escurecia mais ainda a treva?

– Mãe, ô, mãe!
– Mãe, a senhora tá aí?

E as águas escachoantes, rugindo, espumejando, refletindo cinicamente a treva do céu parado, do céu defunto, do céu entrevado, estuporado.

– Mãe, ô, mãe! eu num sabia que era raso.
– Espera aí, mãe!

O barulho do rio ora crescia, ora morria e Quelemente foi-se metendo por ele adentro. A água barrenta e furiosa tinha vozes de pesadelo, resmungo de fantasmas, timbres de mãe ninando filhos doentes, uivos ásperos de cães danados. Abriam-se estranhas gargantas resfolegantes nos torvelinos malucos e as espumas de noivado ficavam boiando por cima, como flores sobre túmulos.

– Mãe! – lá se foi Quelemente gritando dentro da noite, até que a água lhe encheu a boca aberta, lhe tapou o nariz, lhe encheu os olhos arregalados, lhe entupiu os ouvidos abertos à voz da mãe que não respondia, e foi deixá-lo, empanzinado, nalgum perau distante, abaixo da cachoeira.

UM DUELO QUE NINGUÉM VIU

Naquela tarde, encontrei o coronel meio triste. Sentado na soleira da porta da rua, espiava à toa uns relâmpagos impertinentes que fuzilavam pras bandas dos Pireneus. Relâmpagos rápidos de seca.

– Está triste, coronel.

– É mesmo. Faça idéia que morreu um companheiro meu de tropa, o Moisés.

Não encontrei nada que dizer. – Desviei a vista para um bando de pássaros-pretos que catavam no largo quase pelado de capim, pela seca. A cidade estava calma. O largo, deserto. Só da loja de seu Dominguinho vinha um zunzunado de conversa, de risos. Na outra rua tocavam piano. Monotonamente. Havia, muito longe, no outro mundo, uma voz aboiando gado. Devia ser na chácara da outra banda do rio; tão bom, tão calmo.

O bando de pássaros-pretos, porque um gado passou correndo pelo largo, voou e foi pousar na gameleira, num tatalar espalhafatoso de asas.

– Vão-se acabando os companheiros de tropa, – disse o coronel como se durante todo aquele eito de tempo estivesse revivendo seu tempinho de moço, – o diabo do caminhão botou o nosso sertão bobo. Um arrieiro como esse que morreu, o Moisés, era bicho destorcido. Tropa da gente era boa toda a vida.

O coronel foi nesse tom mascado, gostoso, relembrando eras ferozes, em que Araguari era ponta de linha. Lá iam ter todas as tropas que abasteciam Goiás e até Mato Grosso de manufaturas e sal. O coronel tangera muitos burros por essas estradas agressivas, em todos os sentidos, acordando ecos virgens nos ocos de brocotós, espantando pinhéns-pinhéns pelos gerais malvados de Goiás – Burro, diabo! – Tá, o piraí estalando feito um foguete.

A casco de burro e a pião de carro de boi abriram-se as estradas desse mundão analfabeto de Brasil.

– Eta chão parado!

Moisés fora seu arrieiro um lote de anos. Baiano enxuto, macio de fala, fiel de coração. Os dentes apontados a faca davam-lhe ao sorriso um ar ameaçador de bicho carniceiro.

– Baiano dos ligite, – como dizia o coronel, – mas não havera de beber. Bastava cheiro de cachaça para fazer dele uma onça. Em Araguari, em muitos outros pousos, metera-se em frejes dos trezentos, de que saíra todo marcado de ponta de punhal, e uma vez com um balaço de 44 pro riba da volta da pá direita.

No outro dia, estava muito "seu bão dele" ajeitando a tropa, lenção de alcobaça amarrado na cabeça, por baixo do chapéu de couro, levantando carga. Pegava aqueles fardos de algodão, boleava, dava um gemido fundo, e sapecava uma tapa estalada no fundo do dito. Arrumava os dobros, ajeitava os ligares, arrochava a sobrecarga, dava umas ordens secas e eis a tropa tilintante, em fila, atrás da madrinha, num trotão estugado, levantando a poeira das pontas de rua.

– Té a volta, seu Moisezinho – era uma mulher de avental, lenço à cabeça, mão às cadeiras, na porta do rancho.

– Se Deus for servido!

Quando o sol tinia, descambava o corpão para uma banda dos arreios, estalava o piraí, dava um assobio agudo, afirmava o cabo do relho na badana, escorando-se nele, e lá se ia choramingando uma toada.

O coronel, que saía sempre do pouso depois da tropa, ia encontrá-lo, já sol alto, no descanso do almoço. Contava-lhe então que durante a noite houvera brigas, que tinham morrido tantas pessoas, que outras tantas estavam feridas.

– Vixe Nossa Senhora do Muquém, – exclamava Moisés, – tirando o chapéu. Nem perguntava quem eram os mortos, os feridos, com coisa que não fora ele o autor de uma das desgraças.

– Era negro. Porém de confiança.

Moisés mais o Angelino, uma vez, vinham de Goiás (velha capital), aonde foram levar carga. Tinham deixado Itaberaí e o sol já estava meio baixo. Angelino tirou uma garrucha e meteu fogo num tamanduá, assim na beirinha da estrada. O meleta morreu no baque. Moisés cuspiu de esguicho, estalou o piraí no ermo pasmado da tarde, e não disse nem arroz, numa indiferença humilhante.

– Cum essa bicha eu infrento inté o cão, Moisés.

Como baiano dos bons, Moisés zombou: – Isso pra mim num tem serventia. Eu gosto de vê mas é o ferro véiu, – e cuspiu novamente de esguicho.

– Bamo vê intãoce, baiano, quar que vale mais: sua pernambucana ou minha tronchada.

– Bamo, uai! É só ocê segurá o ponto. Se ocê num me matá no baque do catulé, eu te pico ocê nessa neguinha – e desembainhou uma baita faca aparelhada, de dois palmos de lâmina.

A tropa foi rompendo pela estrada poeirenta, vermelha, chata e se perdeu na curva do capão de mato. No crepúsculo parado, cheio do tilintar alegre dos guizos da madrinha, penachos espetrais de buritis espiavam tetricamente por trás da vereda, tocaiando a paisagem.

* * *

Já tinha curiangus soluçando nas trevas, quando o capitão Filó Simões deu por fé daquele lote de burros rondando a porteira do seu curral, perto da rebaixa, que era o rancho das tropas. Os burros carregados gemiam, metendo o focinho pela porteira, escarvando a terra puída pelas patas dos animais. Outros já se haviam deitado com a carga, numa posição incômoda, sem forças para levantar.

Filó Simões mandou recolher e descarregar a tropa, porque tinha visto a marca dos machos e mesmo porque tinha reconhecido aqueles bichos lisos do coronel. Já estavam arraçoando os bichos, quando se ouviram latidos de cachorro, batido de porteira e a voz açucarada do Moisés:
– Oi de fora!

O baiano vinha montado, carregando o Angelino no arção da cutuca, com a ruana do companheiro amarrada à cauda do seu pêlo de rato. Ambos eram uma papa de sangue. Angelino tinha o ventre atado por um lenção de alcobaça, aquele mesmo que Moisés usava na cabeça, por baixo do chapéu.

Houve um rebuliço na fazenda do capitão Filó Simões. Angelino pediu que cuidassem só do balaço dos peitos de Moisés, porque esse podia sarar, e meia hora depois estava estendido no jirau da sala, as mãos morenas entrançadas sobre o peito e o lenço do bucho minando sangueira.

Seu coronel foi buscar a tropa na fazenda do capitão Filó Simões e trouxe também o Moisés convalescente. Quando, seis anos depois, Moisés saiu livre, automóveis e caminhões chispavam pelos chapadões empoeirados. Uma vez por outra, ouviam-se tinidos de tropas nas ruas, ou algum tropeiro atrasado armava seu pouso, – um quadrilátero de ligares – no largo do cemitério.

Moisés nunca mais tangeu tropa. Meteu-se pela roça, onde vivia, de fazenda em fazenda, tocando viola, cantando recortado, tirando terços e velando defuntos.

Não se casou. Não usava arma de espécie alguma. Até fumo pro pito ele picava com as unhas. Morreu depois de um pagode, onde cantou a noite inteirinha um catira doído, cheio de morena e ai-ai-lá-rai.

* * *

O vento esparramou o funil de fumaça cheirosa que o coronel soprou na noite.

– Esse fuminho é daqui mesmo, coronel?

Ele nem respondeu, o olhar perdido no espaço borrado da trepidação violácea do crepúsculo.

A loja iluminada de seu Dominguinho abrira um retângulo branco no largo escuro. O piano martelava a solidão.

ANDRÉ LOUCO

– Que é isso? – perguntei espantado, levantando-me.

Devia ser muito tarde, meu pai olhava a rua pela greta da janela semicerrada. Minha mãe, ajoelhada na alcova, queimava palha benta numa vela igualmente benta, como nos dias de chuva braba.

– Que isso? – tornei a perguntar ainda mais assustado.

– Psiu! – fez mamãe, atravessando o indicador sobre a boca e, baixinho: – venha ajoelhar-se aqui para rezar a "magnífica".

Daí a pouco ouvi um barulho de corrente se arrastando nas pedras das calçadas, lá fora. A cachorrada latia desesperadamente pela cidade inteira. Os do largo do cemitério latiam e os da rua de baixo respondiam. A estes, os do largo da matriz secundavam, e depois a cidade toda era latidos.

Mamãe olhou para mim de um jeito estranho e eu bulbuciei:

– André Louco.

Ela não respondeu; continuou rezando a "magnífica". Mas um terror medonho se me apoderou dos músculos. Um medo danado de que o louco entrasse ali e matasse meu pai, me matasse, matasse minha mãe, quebrasse os santos e desse pescoções na preta Joana, que rezava estalando a beiçorra, como se comesse rapadura.

A corrente continuava a arrastar-se tetricamente no vazio da rua deserta. Os cachorros tinham parado momentaneamente de latir. O que se ouvia agora eram vozes. A corrente se arrastava lugubremente pelas pedras das calçadas, num ritmo enervante, acompanhando os passos de André Louco.

Meu pai veio até perto de mamãe, falou-lhe alguma coisa, a que ela quis opor-se, mas meu pai não deu ouvidos. Saltou a janela e sumiu engulido pelo breu da noite. Mamãe nos deixou junto da vela e foi ficar olhando a rua pela greta da janela. Ela não queria que meu pai saísse. Tinha receio de que André Louco o atacasse, ou entrasse em casa, na sua ausência. A preta Joana rolava uns olhos arregalados, com uma expressão agônica no rosto fouveiro, a beiçorra estalando. Meu irmão mais velho arrastou uma cadeira, subiu e ficou com mamãe na janela. Eu também queria ver a rua. Mamãe, entretanto, não concordou, mandando-nos para junto da vela.

– Deixe a gente espiá, mãe.

– Que espiá, que nada! André Louco é já que vê menino e entra aqui. – Senti aquele medo terrível e agarrei-me à saia de mamãe, chorando. Exasperada, ela deu umas palmadas em meu irmão mais velho que tinha dado o exemplo e levou-nos aos repelões para o oratório.

Um grito rouco, umas vozes altas, um bumbunado vieram do invisível; barulho de corrente, tropéis. Os cachorros abriram o latinório velho de guerra e uma luz apareceu na janela do sacristão, que morava na esquina da rua.

André, desde mocinho, tinha um gênio insuportável. Na quadra da folia, na cidade, embriagou-se e fez um tempo quente que ficou memorável. Deu no delegado, nos bate-paus, saiu pelas ruas dando tiros nas paredes. Todo o mundo fechou as portas e uma bala ricochetada atravessou os peitos de Angelina Baiana – aquela peitaria de meio metro que ela trazia sempre à mostra entre as rendas do cabeção. Foi Antão arrieiro que o abotoou de supetão no quebrar da esquina. Uma mão de aloite de feras. Antão era negro retaco, acostumado a bolear fardos de quatro arrobas e tanto e deu no André um chascão que o botou muito longe, espapaçado. Daí, nunca mais voltou à cidade, porque o coronel escreveu para o pai dele que havia processo contra o rapaz, por causa dos peitos da negra Angelina.

Três anos depois, mais ou menos, estava André carreando milho da roça para o paiol, quando, de um momento para outro, saltou pra cima do carro, gritou uns gritos feios com os bois, metendo o ferrão. O lugar era plaino e descampado.

– Que qué isso, André? – perguntou o irmão apalermado de admiração.

O ferrão comia a torto e a direito, os bois se arcaram, a boca aberta num mugido longo e baboso, com o carro levado num arranco, aos pulos, aos trancos, até sumir-se no capão. O irmão ainda correu um bom pedaço atrás, para ver se alcançava o carro, mas só via a poeira. O barulho das rodas broncas, dando bacadas pelo pedrouço dos barrancos, era só o rumor estrondoso de trovão. No outro dia acharam o rodeiro do carro partido, atolado no brejo; pedaços de cangas, canzis, tiradeiras, cacos de mesa espalhados pelo caminho. Dois bois, ainda ajoujados, estavam assim dum lado da estrada, com as pernas quebradas. Muito mais longe, num itambé, a mesa do carro. De André, nem rasto. Soverteu-se.

Com pouco pegaram a surgir notícias: "diz que queimaro o rancho do Lorindo, no pasto do meio". Ele estava na roça mais a mulher e três filhos pequenos. Em casa, tinha deixado a filha mais velha, de oito anos, com os dois menores. Nisto a menina chega gritando na roça: que tinha um homem no rancho batendo nos meninos e querendo atacar fogo na casa. Quando Lorindo chegou, só restava a fumarada. Um dos meninos nunca mais encontraram. A notícia correu e ninguém pensou senão em André Louco.

O fato já ia caindo de moda quando a Luciana, mãe dos Peixotos da Varginha, foi estrangulada. Lavava uns panos no córrego e vai um homem sai de dentro do mato e pula no pescoço da velha. Como ela gritasse, vieram os filhos e ainda puderam ver André Louco montado na cacunda da velha, abarcando-lhe o cangote. Perseguiram-no, mas inutilmente. Aí então o fuzuê engrossou. Na cidade, como não houvesse policiamento nem soldados, o delegado contratou três bate-paus pagos pela Intendência, com o escopo de prender o doido. Levaram quase vinte dias nesse serviço.

André Louco, hoje, estava ali na cadeia, no calabouço úmido, com o corpo ferido, magro, algemado, e com uma corrente deste tamanho no pé.

– Tadinho dele – gemia sá Maria Lemes.

O pessoal do largo da cadeia mudou-se quase todo, porque André gritava o que dava o dia e a noite. Aqueles gritos horríveis, irracionais e dolorosos. Outras vezes ria, dando pancadas contra as paredes, contra a porta do calabouço, contra a grade. Um riso estertoroso e enervante. De noite, assombrava a cidade com os urros. No silêncio de desespero da cidade desfalecida de atraso e de trevas, o grito rouco de André acordava assombrações e pesadelos.

A gente ficava arrepiadinho de medo. Sá Maria Lemes foi a única que não arredou pé do largo da cadeia. Ficou firme.

– Pra dizê verdade, dona Josefa, – dizia ela a mamãe, – pra dizê verdade, dispois que o louco veio para a cadeia eu fiquei ainda mais piadosa. Ele pega a urrá, eu saio da cama e vô é rezá. Rezo inté que ele se cale. Rezo polas armas que penam no purgatório. – Minha mãe concordava, cheia de respeito temeroso. Ela também tinha muita devoção com as almas e um medo emperreado de ficar louca. Queixava-se, em certas quadras, de umas zonzuras, umas borboletas nos ouvidos, uns temores nervosos. Por isso, quando agora André abria a boca no mundo, ela se lembrava de sá Maria Lemes e punha-se também a orar.

Papai não achava aquilo muito bom:

– Que isso, Finha, venha deitar-se. Deixe de besteiras.

Aai – aai – pã – pã – pã. Os cachorros do largo do cemitério latindo. Os da rua de casa latindo. O cachorro do preto, vizinho nosso, vinha latir mesmo debaixo da janela do quarto de mamãe. Um latido grosso, respeitável, rosnado. Latia, latia. Mamãe não se agüentava, interrompia a reza, chamava meu pai que dormia:

– João, pelo amor de Deus, espante esse coisa-ruim. O diabo já não deixa ninguém descansar. – E se lembrava, de repente, de que havia proferido o nome do sujo em frente dos santos. Batia na boca: – Faz até a gente ofender os santos.

Meu pai se levantava. Abria a janela e metia pedradas no cachorro. Já tinha, para isso, pedras colocadas de antemão ali no peitoril. Depois, tudo caía de novo num silêncio viscoso, um silêncio sobressaltado, em que a gente esperava a cada momento que André Louco recomeçasse o seu berreiro insistente, o seu berreiro incômodo que não permitia a ninguém dormir. Que fosse de novo despertar os cachorros do largo do cemitério, os do largo de baixo. Que o cachorro do vizinho viesse de novo latir debaixo da janela o seu latido grosso, sisudo, rosnado e sereno.

A cadeia ficava no largo. Um casarão baixo, de janelas de grades, pintado a oca. Pintada com sangue de gente, como dizia Joana. Tomei-me de um pavor obsedante dela.

Da porta da igreja, por onde passava, via-se a prisão, que ficava a mais de 100 metros. Se passava sozinho, por ali, passava correndo, com os olhos pregados nela. Sabia que estava fechada, mas assim mesmo achava que André Louco podia sair nesse momento preciso e me pegar, me estrangular. Eu poria um linguão de fora, gritaria. Ninguém me ouviria. Minha mãe, distraída, costurava, cantarolando. Meu pai, decerto, vendia uns metros de xadrez. E eu morto nas mãos de André Louco, sem viva alma para me livrar de suas mãos que me sufocavam.

Outras vezes, gozando meu próprio pavor, ficava olhando lerdamente a cadeia, onde outros presos metiam para fora, por entre as grades, seus pés e suas mãos. Queriam gozar do sol matutino. Pés enormes, brancos. Mãos murchas, descoradas. De noite, aqueles pés cresciam no meu quarto, até tomarem conta da noite. Cansava-me a observação atenta dos pés dos presos que iam sempre crescendo, crescendo. Se eu pudesse esquecê-los, não vê-los, seria um grande alívio. Mas os pés agora diminuíam. Tornavam-se de um tamanho impossível, pés de formiga, para dar lugar a muitos outros pés que boiavam pelo quarto, leves, voando, como entes vivos e independentes.

Joana, a criada, costurava perto da nossa cama, à luz de um candeeiro de azeite, de que não largava para ir a parte alguma. Era feito um vagalume. Se a luz esmorecia, tirava um grampo do pixaim, espevitava o pavio e entornava o candeeiro, a fim de o azeite correr até a chama. Ela costurava, a cabeça inclinada, sua sombra vacilante projetada disforme na parede, no teto sem forro, e conversava sobre André Louco: "que ele matava todo o mundo; que ele fizera bramura; que ele ia fugir e estrangular habitante por habitante da cidade".

Por que é que Joana não se calava? Não falava de outra coisa? Eu já estava ouvindo passos suspeitos na rua. O barulho da corrente de André Louco. A coruja de mato virgem, que passou cortando mortalha, não seria uma alma penada?

Joana parou de contar o caso. Sua sombra escorria pelo soalho do quarto, dobrava-se pela parede acima e depois a sua cabeça tornava a dobrar-se, projetada no teto de telha vã. O mutismo de Joana era pior. O telhado da casa estalava, no madeirame bichado. Joana falara que a cumeeira estava partida, selada e que não tardaria a vir tudo abaixo, a qualquer hora. Ou aqueles estalidos eram do curupira que de noite andava passeando pelo vigamento, brincando pelas ripas, pelos larós?

– Joana, se ele fugir, acha que ele vem aqui em casa?

– Ele quem? André Louco?

– É.

– Ora, se evém! Evém, mas é feito uma cobra mandada. Seu pai que mandô botá ele no pote.

Por que seria que Joana não falava de outra coisa, gente? Era só contar coisas de arrepiar. Aquele assunto me desgostava, mas me fascinava. Queria abandoná-lo, mas o medo me levava a procurá-lo:

— Na cadeia não mora ninguém para vigiar André Louco?

— Mora, uai! Mora João Mané, carcereiro.

Eu conhecia João Manuel. Tinha uma oficina de ourives mesmo na cadeia. Ia a nossa casa, às sextas-feiras da paixão, vender anéis de prata, muito eficazes contra quebrantos. Era muito bom, delicado. Joana contava que João Manuel morava com a irmã e por isso tinha parte com o demônio. A irmã dele era Maragã, habitava uma biboca perto da fonte do funil.

— Por que será que morar com a irmã torna a pessoa excomungada?

Joana não explicava, contava unicamente:

"Maragã começô a morá mais o irmão e foi a mãe dela que pegô a censurá essa falta de preceito. Bradava cum ela todo dia, todo dia. Prendia a moça para ela não drumi cum o irmão. Um dia Maragã tava ferveno um tacho de sabão e a mãe foi bradá cum ela; cuja Maragã impurrô lá dentro e matô. Daí passô a morá mais João Mané."

Por isso, até hoje, se Maragã visse um tacho de sabão, podia ele estar já no ponto de secar, a massa dessorava, virava um godó fedorento. Chegava até a criar bichos.

Na quaresma, ela virava assombração. Virava um cachorrão peludo, que percorria os quintais, depois da meia-noite, comendo cueiros sujos de obra de menino novo.

– Num vê que na coresma os cachorro, de noite, ficava latino tanto?

Eles tinham medo de Maragã. Sabiam que ela não era cachorro que nem eles. Era o cão. Na quaresma, quando os cachorros latiam daquele jeito, a gente podia olhar para as fechaduras das portas que veria os olhos de Maragã espiando para dentro das casas, à procura de cueiros sujos. Um olho brilhante, um olho luminoso, feito uma estrela do inferno.

Joana, quando eu era miúdo, tinha visto Maragã. Era quadra de quaresma e o sino da igreja, meia-noite, batia o dobre fúnebre. Fazia um luar danado. Eu sofria muita dor de ouvido e chorava a noite inteira. Quando foi uma sexta-feira (Maragã devia andar rondando a casa, escutando meu choro, pois os cachorros faziam uma acuação medonha), mamãe mandou Joana lá fora, no quintal, buscar um pau de lenha para fazer fogo. O sino rolava na noite de agouro o seu dobre agoniado. Quando ela foi saindo, viu o buraco da fechadura que era aquela brasa. Depois, apagou-se. Aí ela abriu a porta um tiquinho e olhou. Tinha um cachorrão deste tamanho, de pé, tentando abocanhar os cueiros sujos estendidos no arame do terreiro. Joana fechou a porta e foi de novo deitar-se, não dando atenção aos chamados de mamãe.

A voz de Joana se apagou no quarto. Ela continuava costurando. Eu matutava nessas coisas idiotas, na cadeia, nos meninos que iam muito lá, sem nenhum receio, como os filhos de Valentim.

Que inveja me causavam, ao passar, ali pelas 9 e 3 horas, com o *comê* de André Louco e de outros presos. Passavam conversando alto, um prato de bruços sobre o outro e ambos embrulhados numa toalha. Chegados à cadeia, subiam à sapata da janela, introduziam por entre o xadrez o prato. Os presos recebiam. Começavam a comer, conversando com os filhos de Valentim. Para André Louco a comida ia envolta numa folha de papel de jornal. Prato, André quebrava. Nem colher, nem garfo podia ele ver.

Constantemente o pacote se rasgava e a bóia caía no chão. O demente esse dia não se alimentava, ou comia catando os grãos de arroz e feijão, misturados com terra.

Um dia, André gritou demais da conta. O coronel se incomodou. O coronel era quem receitava remédios, mandava no delegado, mandava no juiz, no promotor, na igreja. Foi lá e perguntou a João Manuel se davam água ao doente.

– Nhor não, coroné. Ele já botô fora mais de cinco copos da gente. Cada um custa 3$000, a gente num ganha nem isso numa semana.

Seu coronel deu um copo d'água para o louco e nesse resto de dia e resto de noite o coitadinho não deu um pio sequer.

Eu, porém, admirava era os filhos do Valentim. Eles não tinham botina nem roupa nova, mas tinham intimidades com os presos. Isso os tornava muito superiores a mim. Eram brigadores, asneirentos. Mamãe só os chamava de meninos da rua, proibindo-nos de os ter como amigos.

– Meninos da boca suja!

Entretanto, minha admiração era tamanha, que me sujeitava a ser mandado por eles, somente para inspirar-lhes amizade. Para um deles, eu dei um canivete novo. O outro exigiu que lhe levasse também um. Mas eu não tinha. Só se furtasse na loja, o que constituía para mim ação impraticável. Bem que sabia onde papai os guardava. Mas furtar não valia a pena. Na hora de praticar o ato, sentia-me covarde e largava o canivete. Fui tenteando o menino com promessas até que um dia, pelas três horas, quando eles passaram, chamaram-me para ir à cadeia. Queria pedir o consentimento de mamãe, eles não deixaram:

– Num pede não, bobo. Ela num carece de sabê nada.

Resolvi-me a ir, agoniado por dois receios – de mamãe e dos presos. Sabia que mais tarde ou mais cedo ela viria a ter conhecimento e era surra na certa. Sua técnica de sova era levemente sádica. Avisava-nos: – "Você vai apanhar por isso assim, assim. Vá buscar o chinelo". Assentava-se, mandava a gente abrir a mão e dava os bolos.

— Agora, bico, ouviu? nada de gritaria.

Havia sovas marcadas com semanas de antecedência, que a gente esperava numa ansiedade angustiosa, como se depois dela, tudo, inclusive o mundo, fosse muito diferente. Uma vez, a exemplo dos filhos de Valentim mesmo, meu irmão mais velho, ao contrário de buscar o chinelo, fugiu para o quintal. Não apareceu para o jantar e só muito tarde é que entrou em casa ressabiado, contando uma desculpa qualquer. Mamãe fez de conta que havia também se esquecido do castigo e depois que ele já estava todo satisfeito com o logro, ela determinou:

— Vá buscar o chinelo!

— Não, mamãe, eu não faço aquilo mais não.

— Vá buscar o chinelo! — e meteu-lhe os bolos. Foram seis bolos.

— Ficam mais três bolos para depois de amanhã, para você aprender a fugir.

As sovas eram assim ministradas sem berreiros, sem correrias. A mulher do Valentim, para dar um cocre no filho, aprontava um banzé que a cidade inteira ouvia. Saía perseguindo meninos pelas ruas, gritando, entrando em casas alheias, — o diabo.

Eu estava agoniado de verdade, mas fui. Chegados à cadeia, subiram na sapata da janela e ferraram na prosa com os presos. Fiquei de longe, receoso. Tremia-me ligeiramente o corpo. Um dos presos me conheceu:

— O sinhozinho é fio de seu Carrinho?

— Eu? Eu não. Meu pai é João.

— Ah! é fio do João. Eu gosto muito dele. Foi ele que diminuiu minha pena. Tinha que tirá trinta anos. Ele desceu pra três anos.

Fiquei satisfeito, pois o preso conhecia meu pai. Olhei com superioridade para o filho de Valentim, cujo pai não valia nada, e cujo pai não era capaz de reduzir as penas dos encarcerados.

— Esse minino é feito muié. Tem medo docês, — explicou o meu companheiro, com um desprezo canalha na voz.

Para que falar naquilo? Senti-me novamente insignificante. Quis responder. Minha voz, porém, sumia-se completamente. Tinha mas era um ardume nos olhos. Se tentasse articular qualquer palavra, ia sair choro. Encostei-me num canto, gozando os elogios do preso a papai, lembrando um dia distante, em que mamãe estava costurando na varanda, com André Louco gritando e dando pancadas, quando de repente entrou aquele homem feio pela porta adentro, indo cair chorando aos pés dela.

— Dona, pelo amô de Deus, fala pro seu marido me soltá. Sá Dona, meus fiinho tão passano fome. São do porte desse — e apontou para mim. — Sá Dona...

Minha mãe nem não empalideceu: esverdeou. Quis gritar, mas a voz faltou. Não era capaz nem de mexer-se no assento. Seu rosto estupidificado exprimia um horror de agonizante.

Meu pai, porém, que estava na loja e ouvira aquela voz estranha na varanda, veio correndo para ver o que era. Encontrou minha mãe só uma defunta, paralisada na cadeira, e um homem amarelo, inchado, maltrapilho, chorando ajoelhado aos seus pés. Carregou-a para o quarto, deu-lhe cachaça canforada para cheirar. Preparou logo um copo d'água de melissa, que lhe deu. Nisso Joana chegou espantada, resmungando na língua trôpega, e tornou a sair para voltar novamente, atarantada, agitada, as sobrancelhas erguidas, os olhos botucados. Em tais momentos, era completamente inútil.

Na loja, entretanto, havia fregueses. Meu pai foi saindo para lá, mas mamãe agarrou-se no seu pescoço, os olhos encandeados:

— Não, não saia, João. Ele me mata. — E depois se abriu num choro seco, doloroso, acompanhado de contrações de todos os músculos. Meu pai saiu para a varanda e pegou do homem que estava agora de pé, bestificado. Pegou-lhe pela gola da camisa de algodão cru e gritou:

— Queria matar minha mulher, não é, seu cachorro?

— Não, seu João. — E caiu novamente de joelhos. — Me sorte.

Meu pai deu-lhe um pontapé na cara. Ele caiu a fio comprido no soalho. Ergueu uns olhos de cortar coração para meu pai, levantou-se a seguir e, sem uma queixa ao menos, foi saindo mudo, o chapéu de palha na mão, o corpo arcado, triste, triste. Os dois bate-paus, que o estavam esperando sentados na soleira da porta da rua, acompanharam-no.

Papai foi para a loja, referiu o ocorrido aos fregueses e entrou novamente para ver minha mãe. Ela já estava melhor, embora muito pálida, de olheiras, muito trêmula. – Melhorou?

– Estou melhor, – respondeu ela rindo um riso tão desbotado. – Quede o homem?

– Toquei ele pra fora. Que sujeito à-toa. Que é que queria mesmo?

O rosto desfalecido de mamãe teve um ar de severidade: – Ora, João, é réu; vai entrar em júri amanhã. Veio pedir para eu não deixar você condená-lo. Você também é jurado. – Minha mãe falava atropeladamente.

Meu pai ficou parado um momento, olhando para mamãe com um ar completamente irracional, talvez sem poder compreender direito:

– Mas, Josefa, para que essa fita então? Que diabo! – Levantou-se com a cara amolada.

– Fita, não, João! A gente estava aí distraída, costurando, com os gritos do Louco nos ouvidos. Com pouco, olhe um homem entrando pela casa adentro, correndo para a minha banda, caindo de joelhos e chorando... Quando compreendi, já era tarde para governar meus nervos...

– Foi o diabo, – falou meu pai, alisando o queixo, olhando para um canto da sala, com uma expressão de amargor no rosto – e eu que o pus para fora de casa! – Fez uma pausa, como para rever a cena; – dei-lhe um pontapé no rosto, depois dele caído no chão.

Minha mãe se pusera de pé:

– Que isto, João! tava louco? Um preso! Um pobre coitado! – e tornou a sentar-se, chorando.

Meu pai também assentou-se, tomou-lhe as mãos e ficou olhando para o chão, para lá do chão, para um lugar vago qualquer onde via o preso estendido a fio comprido no soalho, passando a mão murcha pelo rosto contundido, uma expressão terrível de mágoa nos olhos, uma expressão de resignação desconfortada, de humildade; sem revolta, antes de renúncia e completo aniquilamento.

– Veio pedir liberdade, – soluçou minha mãe.

Meu pai continuava vendo as juntas inchadas do réu se dobrarem e ele, sem uma queixa, pôr-se de pé, o chapéu na mão, os braços caídos, em completo abandono. Os bate-paus atrás dele, sem falar uma palavra, sem nem mesmo se entreolharem, com vergonha de o outro ter visto a cena, – compadecidos, solidários com a dor do próximo.

Meu pai, com o mesmo olhar vago de quem estivesse em transe, saiu, tomou o chapéu, foi à cadeia avistar-se com o preso. Em seguida voltou com ele para casa. O preso jantou à cabeceira da mesa. Papai preferia não justificar seu gesto. Afastava qualquer alusão ao fato com um capricho e um cuidado quase fanáticos. Agradava demais o homem, demais mesmo, querendo assim resgatar a humilhação, elevar aquela carcaça de sua abjeção, penitenciar-se. Queria arrimar aquela pobre alma machucada. Mas a equimose do rosto era um estigma que não o deixava tranqüilizar:

– Seu Pedro, olhe aqui esse franguinho.

– Já porvei, seu João. Tá munto gostoso. Num carece se incomodá ca gente não.

Pedro fez o prato, um pratarrão enorme, pegou a colher e ia saindo da mesa, para comer de cócoras num canto da casa; meu pai, porém, não consentiu:

– Não senhor, seu Pedro. O senhor hoje é meu hóspede de honra. Faço questão de que o senhor coma aí na cabeceira.

– Seu João, eu seio que o sinhô num fez aquilo de ruindade não. Eu num seio comê na mesa. – O rosto de seu Pedro era um rosto bom, calmo, sem um pingo de maldade. Só a escoriação é que estava rubra e revoltante.

Meu pai baixou o rosto para não encontrar os olhos de minha mãe. Meu irmão mais velho tinha parado de comer para reparar nas colheradas monumentais que Pedro metia na boca, fazendo entufar as bochechas. Mamãe beliscou o menino: – Olhe para seu prato, ouviu!

Jantado, meu pai foi à casa do juiz de Direito e perguntou se o réu Pedro Alcântara das Neves ainda não tinha advogado:

– Quero defendê-lo.

– Muito bem, seu João. Vai até ser bom. Era para designar-se na hora do júri, mas assim é melhor. O senhor sabe como são essas coisas. Os advogados não gostam dessas causas. Não há dúvida.

Meu pai passou na casa do escrivão, tomou os autos e entrou pela noite estudando o cujo, lendo o garrancho da letra do escrivão, as sentenças, consultando livros, o diabo. Seu Pedro estava ao seu lado, contando uma coisa, outra, pitando, cuspindo pelos cantos da casa, dando cada bocejo que lá do nosso quarto ouvíamos.

Mamãe cansou-se de chamar meu pai para deitar-se. Por fim, foi pessoalmente buscá-lo:

– Não, senhor, chega disso. Amanhã vê o resto, não é, seu Pedro?

– Isso mesmo, dona. Num é d'hoje que tô falando prele largá isso de mão.

– Pois é. Senão não dorme e amanhã não tem cabeça para nada.

Seu Pedro dormiu na varanda. Ali perto do lugar em que caíra sob o peso dos pés de meu pai.

Minha mãe não pôde dormir com medo de seu Pedro. Meu pai não pôde dormir por causa do júri. Arquitetava a defesa, calculava a acusação. Imaginava o intróito da oração. Procurava os pontos fracos e mal testemunhados. Precisava impressionar, arrastar a arenga para o patético, para o sentimental. Bolir com o coração dos jurados, uma gente geralmente boçal.

Com minúcia irritante, meu pai inventava interpelações e apartes impossíveis da Promotoria. Imaginava o promotor todo circunspeto, atacando esse ponto e aquele da defesa; e ele todo importante manuseando os autos, apontando as provas, passando carão no promotor:

– A ilustre Promotoria não conhece leis.

– Senhor advogado da defesa, mostre-me, nos autos, alguma coisa que ateste suas afirmações sobre a inocência do réu.

Meu pai manuseava os autos, uns autos volumosos, pesados, ilegíveis:

– O ilustre órgão da acusação só tem um anseio: culpar inocentes!

– Tenha a bondade de provar tal coisa, senhor advogado.

– Promotor burro!

– Cuidado com a linguagem, advogado da defesa. Posso suspender a sessão – dizia o juiz, limpando os óculos, vestido não de toga, mas de saia branca. A saia branca de Joana.

– A lei é um absurdo, a justiça um crime.

– O senhor está preso, senhor advogado. Prenda seu João, bate-pau.

E meu pai, quixotescamente, imaginava-se preso, metido na cadeia, com gente visitando-o, advogados tratando de *habeas corpus*, jornais falando do caso. Ele escreveria uma série de artigos contra o juiz, contra o promotor, contra o júri.

"E se o promotor não lhe desse permissão de publicar os artigos? Se o delegado o deixasse incomunicável, metendo-lhe o sabre? Se o promotor não lhe permitisse sair, como seu Pedro, de casa em casa de jurado, pedindo, de joelhos, que o soltassem?"

Mamãe se levantou, abriu muito devagarinho a porta do quarto e olhou a varanda. A escuridão não deixava ver nada, e ela tornou a deitar-se.

– Qué isso? – perguntou meu pai, fingindo que estava dormindo e que despertara nesse momento. Entretanto, estava bem acordado, numa espécie de delírio, sem conseguir desprender a atenção do diabo do júri. Foi mamãe que o fez tornar à realidade e agora ele se irritava com suas divagações idiotas. Inventando besteiras, ao invés de cuidar da coisa seriamente. O promotor ia lá dizer coisa nenhuma! Mal sabia ler. Os outros faziam-lhe a acusação, que ele lia, sem compreender, contanto que fizesse jus aos vencimentos. Coitado do promotor, pensava meu pai, – dar-lhe-ia parabéns. Daria muitos abraços:

– Muito bem, seu João. O senhor é danado pra falar. Foi pena não tirar a carta.

Coitado do promotor! Boa pessoa. Era burro, mas não tinha culpa nisso. Não metia o bico em nada. Reconhecia seu lugar.

— Pedro já está dormindo? — interrogou meu pai, na falta de outro assunto.

— Está. — Mamãe queria dizer a papai do medo que estava de o preso matá-los. Matar meu pai ou um menino, a título de vingança do coice que recebera. Afinal de contas, Pedro era criminoso. Matara um homem num mutirão. Como matou um, pode muito bem matar mais. Matar é pecado mortal. Nesse ponto mamãe reconsiderou que podia estar fazendo mau juízo dos outros. Pedro era bom, não matava ninguém. Era inocente. Ela é que era muito má, pensando coisas ruins dos outros. Subitamente, ela sentiu o coração parar de repente, um vazio gelado por dentro dos bofes e em seguida as fontes pulsando com força, o sangue pulando no coração violentamente, num ritmo seco. Foi o grito de André Louco que encheu a noite. Um grito, outro grito, mais outro. Depois novamente aquele oco de silêncio. Aquele silêncio incômodo, expectante, que provocava uma tensão nervosa contínua, pois a cada momento a gente esperava que novo grito se enfincasse de novo no silêncio, — novo grito rubro como um escarro de sangue.

Minha mãe levantou-se outra vez. O coração ainda batia apressado. Abriu a porta e olhou atentamente. Pedro havia tirado a colcha de cima da cama, o lençol, depositado tudo numa cadeira e estava dormindo no colchão limpo. Dormia tranqüilamente, como se não fosse entrar em júri no outro dia, como se nunca jamais houvesse matado ninguém.

– Dorme como um justo, – disse mamãe.

Papai tinha um verdadeiro horror a empréstimos. Não tomava nada emprestado, pela vergonha de pedir; antes: não se atribuía o direito de ocupar a outrem. No fundo, bem no centro dessa sua atitude, estava outra razão. Ele não tomava emprestado para que ninguém tivesse o direito de pedir-lhe emprestado. Era uma defesa.

Mas isso não valia coisa alguma. Os vizinhos viviam pedindo troços emprestados: pilão, tacho, almofariz, máquinas de moer carne.

– Papai mandou pidi seus arreios emprestados, seu João. É um momentinho só.

– Não sei se está aí, menino. – Nunca dava o sim na primeira vez. Encontrava sempre desculpas, contra as quais se rebelava depois. – Mas, se estiver, pode levar. Fale com Zefinha.

Lá se ia o negócio emprestado. Depois de ir é que meu pai ficava danado.

– Que amolação! Essa gente não compreende que a gente não gosta de emprestar os trens! Estava com tanta vontade de dar uma voltinha pelo campo a cavalo, amanhã, e agora não posso.

É uma merda! Pedem logo quando a gente dispõe de um tempinho para passear.

Ele não tinha a menor intenção de passear. Era a falta do objeto que lhe gerava o desejo.

– Não. A gente não pode ser delicado. Se eu tivesse negado, seria muito melhor. Vão me estragar a sela.

Mamãe entrava conciliadora: – Tem nada, João. Não se pode também ser imprestável. É tão feio! Afinal, quando a gente precisa, eles servem.

– Servem porque precisam de nós. Eu não empresto mais. Quando vierem pedir, pode dizer mesmo que eu não quero empréstimos, ouviu? Por que não compram? Eu próprio tenho aqui muita sela para vender.

Uma vez foi a Belisária (mulher do dono do cachorro que latia sisudo debaixo da janela de papai), pessoalmente, pedir emprestada uma colcha.

– Não sei se está aí, dona Belisária. Isso é lá com Finha. – Sá Belisária levou a colcha e meu pai ficou fulo:

– Isso é lá coisa de empréstimo!

– Por que, então, não falou, João? – Mamãe, com razão, também se exasperava de meu pai só vir queixar-se, lamentar-se para ela, depois de conceder o pedido.

– Não falei, porque eles têm o dever de compreender. – Ante o silêncio agastado da mulher, meu pai reforçou: – Não falei? Falei, pois sim. Falei se ela não tinha medo de doenças. Que nós podíamos ser doentes e transmitir-lhe. Mas ela não compreendeu.

E meu pai passou a imitar o modo fanhoso de sá Belisária conversar, fazendo citação da resposta: "Qui o quê, seu João. Tem pirigo não. In ante eu sofresse um dia a doença qui o sinhô sofre..."

A colcha veio de volta e meu pai não quis receber:

– Não precisa, sá Belisária. A senhora pode ficar com a colcha.

– Ora, seu João, faça idéia. Já foi um favorão emprestá! Num carece mais.

O resultado foi sá Belisária ficar com a colcha e no outro dia mandar um leitãozinho de lembrança para papai.

– Coitada de sá Belisária, Zefinha. Veja que sacrifício! Já passam tanta privação e ainda mandam presentes! Coitada.

Meu pai foi num dia de domingo agradecer o presente. No fundo, ele tinha receio de Belisária ter compreendido a sua segunda intenção ao dizer que não emprestava colcha para não transmitir moléstia. Temor vão. Sá Belisária era tão ingênua, tão atrasada!

Sá Belisária hoje manda nos trens de casa. Há um almofariz que vive emprestado com ela, mas papai não diz nada. Ordenou que deixassem o almofariz de lado e só utilizassem do novo. O outro almofariz chama-se almofariz de sá Belisária. Sá Belisária que mandou um leitãozinho magro, um dia, de presente para meu pai.

Uma ocasião, como passasse pela cidade um médico e todos se estivessem tratando com ele, meu pai também o chamou para examinar mamãe. Não que ele a supusesse doente. Por princípio de solidariedade, por princípio de não sei quê. Acontece que, por essa quadra, a moda era conversar sobre os diagnósticos do doutor, sobre os remédios, sobre as melhoras espetaculares dos clientes. Meu pai nunca tinha o que contar sobre tal assunto e ainda era obrigado a agüentar amolação:

– O senhor já chamou o médico pra ver Finha, seu João?

– Ainda não, fulana.

– Pois é preciso, seu João. O senhor vai ver como ela vai melhorar.

– Mas ela não sofre nada dessa vida, dona fulana, – replicava meu pai.

– Aí é que está o engano, seu João. Não sofre, não sofre e está morrendo, – dizia a interlocutora, num interesse idiota e cabotino, só para mostrar que se havia tratado.

Para se ver livre dessas perguntas, meu pai chamou o doutor, com seus óculos de lentes muito fortes, com sotaque alemão. Conversou muito, aplicou muitas injeções, remédios até então nunca vistos e passou a ir lá em casa todos os dias de noite. Ficava na varanda, em frente do lampião, com os óculos atirando chispas. Outras vezes era na loja, na falta de fregueses, aquele prosão ferrado. De tarde, saíam para passear juntos pelo campo, ele e papai. Íamos também os meninos. O alemão contava casos horas a fio. Grande Guerra. Ásia. Rússia. Sibéria muito fria. África. Guerra dos Boers. Estados Unidos.

Falava sobre o Rio Grande do Sul, Amazonas. Falava na família, que morava atualmente em Ribeirão Preto. Dizia que tinha um filho muito parecido comigo; e isso, de tudo, era o que mais tocava meu pai. Pois atavicamente tinha uma grande predileção pela Europa e achava os estrangeiros um encanto. Até os nomes.

Mediante muito empenho, o médico, uma noite, apresentou a conta: 5:000$000.

Meu pai foi às nuvens e voltou. Cinco contos! Consultou, assim muito por cima e de maneira muito discreta, os outros clientes o quanto haviam eles pago por tratamento mais ou menos idêntico ao de mamãe. (As receitas do doutor eram padronizadas.) E todos tinham pago menos. Muito menos. Havia pessoas de quem ele cobrara cinco contos também, mas que afinal tinham entregue apenas 500$000. Era questão de regatear.

– Mas cobrou cinco contos e afinal deixou por quinhentos? – perguntava meu pai, admirado.

O cliente balançava a cabeça – cinco pacotes.

– E do senhor, seu João, que mal pergunte, quanto cobrou?

Meu pai não quis dizer a verdade:

– Não acertamos ainda.

Envergonhava-se de dizer que foram também cinco contos. Afinal, ele era amigo do médico. Os outros pediram abatimento, porque não tinham conversado sobre Alemanha, sobre África. Não tinham ganho um livro de presente: "Chez les Peaux Rouges", com dedicatória do médico. Mas seu João Ferreira da Silva tinha um filho muito parecido com o do médico e não podia, em definitivo, pedir diferença. Tinha que pagar e ainda que agradecer ao cachorro. Meu pai achava que devia pedir diferença, mas outro João, que havia nele, não concordava.

– Todos pediram diferença. Se você não pedir é bobo – ponderava o primeiro João.

– Não deve pedir diferença. É seu amigo, vem tomar café com você todas as noites, vem prosar, vem para passear no campo. Não deve pedir diferença – replicava o outro João.

– Deve pedir diferença. Se vem tomar café todas as noites, se vem passear, é porque sua prosa lhe agrada. Não lhe ficou devendo favores. Pelo contrário. Encheu-lhe a pança, agüentou a fala engrolada, perdeu horas de sono e de trabalho.

– Não deve pedir diferença. É seu amigo e por isso só pediu um preço compensador, que menor daria prejuízo.

– Deve pedir diferença. Estrangeiro não é amigo de ninguém; se lhe deu um preço exorbitante, foi para que pedisse uma diferença de cem por cento, sobre a qual ainda obteria lucro. Deu um preço tão caro porque sabe que no sertão todos pedem abatimento.

Embora tivesse vencido essa última voz, meu pai não pediu diferença, pagou cinco contos de réis e saiu falando para todo o mundo que pagou somente 200$000.

– Só 200$000, seu João?

– Só 200$000.

– Veja quanto vale a amizade!...

– Quanto vale a cultura, isso sim, – dizia o sacristão; pois seu João conversava com o bruto no puro alemão. Ganhou um livro em latim. O promotor achava que o livro fosse escrito em grego. Meu pai não dizia sim nem não. Deixava a confusão aumentar sua glória. Mas ele mesmo sabia que o doutor o furtara descaradamente. Mamãe também soube que papai pagara somente 200$000.

Bem, pagou os cinco contos, mas em compensação ficou na pindaíba. Daí uns dias venceram duplicatas das casas comerciais. Reformou-as. Revenceram. Reformou-as. Vieram então cartas enérgicas. Um caixeiro-viajante perguntou na praça qual era a situação financeira do comerciante João Ferreira da Silva. Meu pai soube. Ficou tiririca. – "Cortaria os pedidos da safada. Cortaria no duro. Era só pagar".

Procurou o coronel Bentinho e tomou emprestado 1:000$000. Resgatou as duplicatas e passou uma descompostura em regra na casa.

Prezados senhores, tal...
"que era favor, e muito grande, os seus representantes nem me passarem pela porta. Se vierem aqui, terão decepção".

Houve desculpas, que eram mal-entendidos, etc. Enquanto isso, o prazo correndo, o comércio parado e um dia o coronel Bentinho mandou um bilhetinho:

"Sô Jão boas tarde.
Onte venseu o prazo de sua letra e estou percisando de dinhero cujo se o sinhô pudé pagá eu fico muito sastifeito.
Agradecido.
Cel. BENTO CORREIA".

Aquilo era uma coisa que seu Bentinho fazia a qualquer devedor, fosse ele até o papa. Meu pai, entretanto, não esteve pelos autos. Não dormiu, não respondeu ao bilhete e ficou entocado dentro da loja, com medo de sair e topar com o

Bentinho. Se não podia deixar de sair, fazia-o contrafeito, cuidando que as pessoas o estivessem apontando na rua como um mau pagador, um velhaco. Que estivessem falando dele o mesmo que falavam do Maneco-Meirinho: "Esse num paga nem fogo na roupa."

– Que falem o diabo, não posso tapar a boca do povo.

Nesses dias, tornava-se um espírito insuportável. Não aparecia às visitas. Se aparecia, sempre fazia despropósitos, inconveniências:

– A religião é muito necessária, – dizia Maria Lemes.

– A religião é um mal, sá Maria. Trovão, de primeiro, era Deus, hoje é eletricidade.

– Seu João, bata na boca.

Mamãe ficava aflitíssima, vendo a hora que meu pai brigava com sá Maria Lemes, mas ninguém se importava nada. Sabia que era veneta.

Pregava comunismo, arrasava o capital, combatia o tradicionalismo, os preconceitos.

– Era a revolução em marcha, – como dizia o dentista.

Os pobres chegavam à porta da loja:

– Uma esmolinha, seu João.

– Que é? – perguntava meu pai.

– Uma esmolinha.

– É! não tou ouvindo nada.

O pobre sabia que era a lua e lá se ia embora. Outros, ele xingava: – Por que não morre, traste? Quem não trabalha não come. – O sujeito largava as muletas e corria.

Ajuntou os cobres e bateu na casa do coronel. Tinha aprontado, desde há muito, o xingatório brabo: – Taque seus cobres na bunda, seu sovina. Suas filhas tão mesmo precisando dele pra sustentá marido no luxo. Taque seus cobres naquelas bruaca, viu.
Meu pai achava que o xingatório, para ser xingatório de mesmo, devia ser bem errado.
O coronel foi recebê-lo na porta da rua, com os braços abertos:
– Que milagrão, seu João, o senhor por aqui! – Abraçou-o com força. Meu pai achou que aquele milagrão queria dizer mais ou menos: "Só Deus mesmo para trazer esse tratante a minha casa", mas guardou a ofensa para desforra próxima.
Riu sem graça, quis tocar no assunto, pagar o coronel ali na porta mesmo, mas Bentinho já o empurrava para a sala atulhada de gente, onde discutiam assuntos diferentes, vários, e seu João se esqueceu da raiva.
Quase não conversou; mas ali, ponderando melhor os acontecimentos, concluiu que afinal de contas ele devia de fato ao coronel e que mais cedo ou mais tarde tinha que pagar. Não poderia ganhar aquilo nem aceitaria. Portanto, não havia razão para odiá-lo.

Quando saiu a última visita da sala, com ela saiu também o rancor de meu pai, que entregou o dinheiro.

– Que pressa, seu João. Estava em boas mãos.

– Que pressa, hein?! – aventurou meu pai. Seu intento era prosseguir: com aquele bilhete... mas não disse, recalcou e riu:

– Nada, seu Bentinho, já estava avexado por entregar isso.

– Ora, não carecia pressa. Pra você até eu quero que seje mais. Não lhe faz falta esse pagamento agora?

Meu pai protestou que não, que o negócio ia muito bem, despediu-se e já ia saindo, quando o coronel exclamou:

– Seu João, para o senhor, d'agora em diante, só faço empréstimos com uma condição...

Meu pai levou aquele choque. Sentiu-se sem equilíbrio e se lembrou de que, naquele momento, teria mesmo que descompor o sovina. Que canalha! Antes de receber, tão amável; depois, com esses desaforos. Nem perguntou o porquê da condição. Seus olhos, sua boca, suas sobrancelhas, seu corpo inteiro interrogava o coronel e implorava que não viesse dizer-lhe desaforos.

– ... de o senhor vir na minha casa mais a miúdo.

Papai voltou muito contente com as palavras gentis com que seu Bentinho recebia seus devedores. Voltou sinceramente alegre. Assobiando. Andando ligeiro. Espanou toda a loja, varreu, escancarou as portas e as janelas da casa inteirinha. Queria muito sol. Deu um presente para mamãe, fez a barba, falou em viajar.

Aos pobres que passaram nesse dia pedindo esmolas, deu sal, arroz, toucinho, remédio, pano. Brincava com eles, conversava. De tarde, foi prosar na calçada da casa de frente da nossa. Lá da sala, onde mamãe ficou fazendo puçá, a gente podia ouvir suas risadas, a voz forte e firme contando anedotas. As gargalhadas enchiam a rua.

Minha mãe saía, vez por outra, à janela e ria também, olhando para aquele lado, sem nem ao menos saber por quê.

Foi nesse dia de noite mesmo, se não me engano, que entrou uma bruxa na varanda. Uma bruxa comum, feiosa. Mamãe achou que era percevejo vunvum (desses que produzem papo) e tirando o chinelo já ia matá-la. Meu pai não deixou. Pegou o inseto, abriu a vidraça e soltou-o na noite. Na noite muito estrelada e perfumada do cheiro acre das flores de mangueira.

No dia do júri, cedinho, meu pai tomou a bengala, o chapéu e saiu. Seu Pedro ficou agachado na porta da rua, pitando. Papai foi à casa de todos os jurados pedir indulgência para o preso. O coronel também era jurado. Resolveu entrar lá, embora tivesse prometido a si mesmo nunca mais pedir qualquer espécie de favor àquele carne de pescoço, àquela inutilidade.

– Pois não, seu João, pois não. Mas é o senhor que vai defendê o réu?

– Sim, sou eu mesmo. Coitado, um pobre-diabo. Essa gente assim nunca acha advogado, o senhor sabe, – arrazoou meu pai, para justificar seu pedido, para dar-lhe um caráter superior, humanitário.

– Hum! – gemeu seu Bentinho, arranjando os óculos no nariz escarrapachado, – quanto vai cobrá, seu João?

– Nada, coronel

– Hum! Acho bonito esse empenho. – E o coronel achava mesmo. Não era maldade não. Ele era chão, atrasado.

– Para o senhor é mesmo difícil compreender isso, mas existem pessoas que se interessam, desinteresseiramente, pelos outros. Sem visar lucros. É, raro, mas existem.

O coronel não compreendeu muito bem a argumentação de papai. Ele também havia falado enrolado, gaguejando, achando que o coronel estivesse insinuando que ele estava tirando vantagens pecuniárias daquilo. "Que cachorro!" – meu pai pensou. – "Não tenho nenhum lucro não. É somente para servir". E ficou furioso consigo mesmo em ter ido falar com aquela besta. Furioso porque, com aquela pergunta do coronel, ele descobriu que não agia por puro desinteresse. Queria saldar uma dívida: apagar da cara do preso a equimose. Estava praticando uma ação vergonhosa. Fazia crer aos outros que agia simplesmente por bondade, quando não fazia mais do que um negócio sujo. Que hipocrisia egoísta! Sentiu-se diminuído, porco:

– Vim pedir-lhe esse favor, coronel, mas o senhor sabe que sou inimigo disso. Estou defendendo o preso pelo seguinte... – e ia contar a verdade, despir sua simulação, mas não teve coragem bastante. Era nojenta a sua ação, mesquinha. Depois, de que valia dar conhecimento dela ao coronel?

– Foi pelo seguinte, coronel. O réu foi pedir-me: Zefinha ficou com muita dó. Existem tantas pessoas que deviam estar na cadeia por roubo, por crime de extorsão, e que no entanto estão livres! Por isso, sejamos justos: libertemos esse besta, que não soube burlar a lei.

O coronel concordou em que existia mesmo um lote de ladrões soltos e passou a contar um caso de umas enxadas, que, uma vez, lhe furtaram na tropa.

– Tive que pagá de meu bolso mais de cinqüenta mil-réis, seu João. Mais de cinqüenta mil-réis, sim!

Papai voltou contrariadíssimo, arrependia-se mil e uma vezes do entusiasmo que o arrebatara, do seu arroubo franciscano. "Fui procurar sarna. Se eu tivesse somente pedido desculpas ao Pedro, estava livre disso tudo. Que defendesse, admitamos que o defendesse, mas não precisava cair no exagero medonho de sair pedindo a uns e a outros a caridade de não votar contra o réu. Até dá a entender que sou interessado na soltura do bruto mesmo."

– Óia, seu João, tô sem um isso (seu Pedro aqui indicou com a unha de um polegar um taquinho da outra) de medo do júri. Tem uma coisa aqui dentro me contando pra mim que o sinhô me livra.

O primeiro ímpeto de meu pai foi de o mandar para o meio do inferno. Olhou para seu Pedro com uma cara amarrada, tremenda. O olhar de seu Pedro, porém, era o mesmo olhar angustiado de quando estava caído no chão, os cabelos brancos, as munhecas inchadas, a roupa de algodão cru limpa, mas pesada de remendos, camisa de banda de fora das calças, alpercatas de couro cru.

Meu pai trocou a máscara:

– Que é, Pedro? estava aqui pensando numa coisa. Você há de sair livre, você...

Houve um voto contra e Pedro teve de cumprir três anos de cadeia. Ele já havia, porém, tirado uns tempos, e, no frigir dos ovos, ficou Pedro com a pena de mais um ano somente.

Foi agradecer papai. Chorou nesse dia. Mamãe saiu lá de dentro e conversou com ele, chamou-o para a varanda e serviu-lhe doces, café, até um golinho de pinga mamãe deu para seu Pedro. Papai passou ainda um punhado de dias descompondo o capital, o coronelismo, pregando contra a religião, falando sobre comunismo. Tudo porque desconfiara de que um "não" havido na votação do júri só poderia ter partido do coronel, daquele parasita social, daquele usurário.

– Pois é, Pedro, quando morrer o derradeiro coronel, quando o derradeiro sujeito que empresta dinheiro for fuzilado, o mundo há de ser bom e você não matará mais ninguém.

– Será que é mesmo, seu João. Deus premita! Meu pai até se riu da inocência de Pedro.

A lembrança dos favores merecidos continuava, entretanto, amolando seu João. Aumentavam muito esses favores. Dava-lhes uma relevância extraordinária, um valor que não tinham, pois esse negócio de advogado pedir a jurados que soltem seus constituintes é coisa tão comum, que muitos o achavam legítimo. Meu pai, apesar disso, passou a enxergar naquelas pessoas que votaram no júri uns credores de futuros favores e a aborrecê-los, ante a impossibilidade de deixar de ter para com eles gestos de delicadeza e cordialidade. Delicadeza que era uma espécie de pagamento a prestações do favor recebido. Era chantagem dos jurados contra sua liberdade.

Por isso, vivia agastado. Por fim, atinou com a causa primária de toda aquela complicação psicológica em que vivia nos últimos tempos – André Louco. Não existisse ele, não haveria espancamento de Pedro, não haveria a sua mendicidade de favores aos jurados, não haveria sua humilhação ante o coronel. Para desabafar, virou-se contra o Louco, que passou a bode expiatório.

– Essa cidade é um suplício. Ninguém tem descanso. A noite inteira é berreiro de doido. Em toda a parte procuram diminuir o ruído, aqui existe um cuidado meticuloso em aumentá-lo.

Conversava desse jeito na varanda. Mamãe costurava à máquina e Joana, enquanto esperava a hora de dar começo ao jantar, passava a ferro algumas roupas.

– Você não tem razão, João. A cidade é um cemitério de parada, – disse minha mãe. – Uma quietude que mete medo...

– Quietude? De noite, a cachorrada, serenatas, animais rinchando, vacas berrando, gatos brigando. Coisa horrível!

– Pois eu não acho.

– É, não acha não. Sou eu quem perde o sono toda santa noite, quem fica rezando de medo de André Louco...

Joana dobrava as roupas engomadas, ardendo por dar um palpite na prosa. Gostava de meter o bico em conversa aldeia. Papai dava o cavaco. Neste momento mamãe já receava esse intrometimento. Mentalmente aguardava um aparte de Joana e o esporro de papai.

– E sem garantia, – ele continuava, impertinentemente, procurando sublevar contra o demente a opinão do lar. Ensaiava a sublevação. Do lar, a revolução contra André Louco ganharia a rua, a cidade, o município e afinal o retirariam para fora. – Esse endemoniado, qualquer dia, sai pela rua e será muito bom se não matar alguém.

– Deus me livre, – esconjurou minha mãe.

Joana não se conteve mais: – Foi o que falei indês que ele chegô.

Minha mãe fuzilou-a com um olhar cheio de reprovação, mas meu pai não tomou conhecimento do policiamento da esposa. Precisava de adeptos.

– Justamente, Joana. Quem tiver um pingo de bom senso há de compreender.

Joana começou a soprar o ferro, na janela, para avivar as brasas e voltou à conversa:

– Óia aquela noite que André arrombô o calaboço... – Referia-se à noite em que André saiu pela rua arrastando a corrente e em que mamãe recitava a "magnífica", queimando palha benta. Quem primeiro deu pela fuga foi o escrivão, que morava na rua de baixo. Estava jogando truco e ouviu barulho de corrente nas lajes. Saiu à janela e viu o Louco. Convocou os parceiros. Mal o demente embocou no largo da matriz, foram chamar o carcereiro.

— Que pena Antão não estar na cidade! Ele somente é que podia mesmo sojigar o doido.

— Que pena!

Chamaram mais pessoas. André já tinha passado pela porta de casa e papai ouvira vozes chamando o sacristão, que morava na esquina da rua. Papai deu a volta e foi à casa do sacristão, pelos fundos. Lá também rezavam.

O carcereiro pariu o plano: as janelas do sacristão ficavam cerca de dois metros acima do solo. Abriu uma delas, ficou no escuro, com o corpo para dentro, de tocaia. André lá vinha pela calçada, perto — trem-trem-trem-trem-trem-trem. Parava para desprender a corrente de uma ponta de pedra, deslocava a laje, ficava com a corrente na mão. De supetão, arrepiava caminho, voltava-se novamente.

— Ah! Ele não passa por aí, sô.

— Passa nada. Ora! pois já lá vai de retorno.

— Vai, mas volta. Qué vê, espera.

— Eu acho que não passa. Já desconfiou que tem gente.

— Mas também com uma conversalhada dessa ele só tem que desconfiar.

O silêncio fez-se pressago e André veio arrastando a corrente. A cachorrada abriu o latido cerrado. O carcereiro ajeitou na mão o porrete, um cabo de machado pesado, e quando André passava por baixo da janela — bá — meteu-lhe o cerne.

O pobre cambaleou, deu um rugido, encostou-se à parede e foi-se escorregando por ela abaixo, amontoando-se no chão. Correram para fora. O bicharedo estava meio atordoado, zonzo, mas ainda lutou, sendo por fim amarrado, algemado e metido peado na cadeia.

As condições do município eram más. Foi preciso que se tomasse dinheiro emprestado ao coronel para mandar reformar o calabouço, que André arrombara com as unhas. Retirara os pranchões de aroeira que forravam o cárcere, embora perdesse nisso as unhas e seus dedos se transformassem em molambos de muxiba. Durante o quase mês que levaram reformando o calabouço, André o passou amarrado a um esteio, no meio do largo, na frente da cadeia. Depois voltou a encher as noites insones novamente de berros, de pancadas, de sustos.

Meu pai continuava: – donde que eles hoje fazem um trabalho igual ao dos antigos? Resistente daquele jeito?!

– Há de o! – desafiou Joana. Mamãe tornou a passar outra lambada de olhos na negra, mas ela estava muito "seu bão dela" passando roupas. Meu pai, agora, não gostou da exclamação da negra. Que tinha ela de dar opinião? Podia lá concordar ou discordar de um assunto de que não conhecia patavina? Mas prosseguiu: – Vocês hão de ver. Não dou um mês para o louco arrombar tudo de novo e sair para a rua. Vai haver até mortes. Ninguém suporta mais esse peste. Só mesmo sá Maria Lemes, que é uma caduca. Sá Maria gosta de André porque é um motivo de penitência para ela, aquela louca também.

– Com licença, dona Zefinha, – gritaram no corredor. Mamãe reconheceu a voz e passou uma chicotada d'olhos em papai, valendo dizer: – Está vendo em que dá bater muito com a língua? Ela ouviu tudo. Escutou você falando mal dela.

Joana largou o ferro, foi até a porta da varanda que espiava para o corredor e convidou sá Maria para entrar: – Bamo entrá, sá Maria.

Mamãe saiu com a costura na mão: – Entre, sá Maria, que tempo que a senhora não dá um pulinho aqui!

– Ando tão apertada, dona Zefinha. – Boa tarde, seu João, como vai o senhor?

– Vive-se, sá Maria.

Sá Maria falou que "a casa estava tão quieta que chegou a cuidar num tinha ninguém".

– Pois nós estávamos falando justamente sobre a senhora, sá Maria. – Meu pai resolveu abordar logo o assunto, porque achou que sá Maria podia ter estado escutando a conversa no corredor, o que era um hábito inveterado, e agora ele esclareceria tudo. Aliás, sua referência a que supôs a casa vazia parecia um aviso, muito sintomático, de disfarce.

– "Falá do mau, prepará o pau" – gracejou sá Maria.

– Não. Uma pessoa chegar no momento em que falam sobre ela é sinal de vida longa. E a senhora está muito forte mesmo.

– É só aparença, dona Zefinha, tô mas é munto perrengue.

– Assente-se, sá Maria, tenha a bondade, – disse meu pai.

Sá Maria alegou pressa, que estava meio avexada com uns sebos no fogo, no ponto de fundir.

– Assente-se um pouco, – reforçou meu pai, – parece que veio buscar fogo. Como disse, estávamos comentando que na cidade a única pessoa caridosa é a senhora. É a única que não vi ainda clamar contra o preso.

Sá Maria Lemes ria-se enigmaticamente, como dando a entender que o seu espírito estava livre das contingências terrenas.

– Mas nem todo o mundo é como a senhora. Eu, por exemplo, não suporto mais esse desgraçado na terra.

Sá Maria Lemes persignou-se ao ouvir a palavra e ponderou:

– Bata na boca, seu João, ninguém tá livre da ira de Deus.

– Isso mesmo, sá Maria. Eu também acho que é só falta de caridade. Eu não me incomodo com o louco, – aventurou minha mãe, para entrar a favor de sá Maria, por delicadeza. Tencionava fazê-la esquecer-se de que papai falara mal dela. Teria ou não ela ouvido a conversa? Mas meu pai não compreendeu.

— Você que não se incomoda?! — perguntou ele, exagerando muito a interrogação e dando-lhe um tom de incredulidade. — Não sei quem é que teve um chilique aí outro dia!...

— Não foi propriamente por causa dele não, — protestou minha mãe. — É doença. Há muito tempo que estou assim.

Meu pai, lembrando-se do chilique de mamãe, lembrou-se que fora aquilo que o fizera esbordoar Pedro e que depois o fizera mendigar favores, e prosseguiu vingativo, comprazendo-se em torturar a mulher:

— Que doente! A aplicação do doutor não curou você?

— Boa nada. Já viu doente sarar, sá Maria?

Sá Maria, muito compenetrada, sem ter coisa alguma que ver com a discussão conjugal, concordou com mamãe, como teria concordado com papai.

— Eu nem tomei os remédios do médico. Não valiam nada — continuou minha mãe.

— Aí por que não sara. Não toma remédio! Então, que é que valeu gastar aquele dinheirão todo?

Mamãe agora achava que papai estava clamando da despesa: — Dinheirão! Duzentos mil-réis. – Pôs nisso uma tonalidade de desprezo e de ridículo.

Meu pai ia relembrar-lhe o gasto, mas acudiu-lhe em tempo que não devia referir o preço exato. Fora ele mesmo quem dissera haver pago 200$000. Convinha mudar de assunto:

– Está vendo, sá Maria, esse nervoso é conseqüência do Louco. Precisamos mandar esse porqueira embora. "Quem pariu Mateu que o balance." É brincadeira a gente não dormir uma ave-maria sequer?

– É, seu João, "periquito come mio e papagaio leva a fama" – sentenciou a velha. – Nem todo berreiro de noite é feito por André Louco. Coitado. O sinhô precisa de sabê que tem aí uma turma de rapazinhos que merecia muito bem o trato do Louco, viu?

Sá Maria falava com raiva, balançando a cabeça, fitando meu pai de esguelha. – Aquele fio de Quelemente, o fio de Sinhaninha, e outros, que nem é bom falá.

– Eu também acho assim, sá Maria.

Sá Maria passou a contar que o filho do Clemente e aqueles outros e outros viviam dando gritos de noite, imitando André Louco. Contou mais que eram as almas mais "xujas" da cidade.

– Faça idéia: eles ficam, de noite, ali na porta da igreja, no escuro, dando beliscão na bunda das moças; nesse lugar e noutros muito mais delicados.

Meu pai reprovou esses atos indecentes: — Não me diga, sá Maria.

— Pois é. Alas, eles têm a quem puxar sem-vergonhiça. Seu Quelemente num é frô de cheirá. Uma boca imunda. Fala até dele mesmo, mas não vê as filhas pulano muro, de dião. Quá, num vale a pena falá, gente! Deus me livre de pagá língua.

— E sá Maria deu dois tapas estralados nas pelancas das faces, em sinal de desagravo.

Meu pai calou a sua revolta ante a de sá Maria. Ficou olhando para o abacateiro do quintal, onde um bando de periquitos, nesse momento, aprontava uma algazarra bonita.

Sá Maria levantou-se, ajeitou o xale na cabeça: — Bão, dona Zefinha, vim para uma coisa e fiquei falando dos outros. Vim cá somente para a senhora me emprestá suas fôrmas de vela um tiquinho. Tô com um sebo lá no tacho, no ponto de fundi, mas eu num tenho fôrma...

Mamãe ia-se levantando e depôs a costura de banda quando lhe veio a lembrança de que papai ordenara a supressão de empréstimos. Ela sabia que papai falava aquilo sem nenhuma intenção de cumprir, mas agora mamãe queria passar-lhe um susto. Estava magoada pelo modo com que a tratara, como se alegando o dinheiro gasto com sua doença. Só 200$000 e ele falando em dinheirão...

Mamãe parou de repente, de pé, olhando para a costura: — Olha, sá Maria, vou ser franca.

Tinha muito prazer em emprestar, mas o João deu uma ordem para não emprestar mais coisa alguma... – Minha mãe deixou aí uma reticência, como a dizer – se quiser, fale com ele. Apele de sua sentença.

Sá Maria não disse nada. Também meu pai não deu tempo. Ergueu o seu protesto solene. Que não, em absoluto. Sá Maria era gente de muita estima e tinha na casa dele o que quisesse:

– Eu disse que não emprestava mais coisas de uso pessoal, Zefinha. Você pode muito bem compreender. Não quero que empreste colchas, colheres, xícaras, copos, essas coisas. Agora, fôrma de vela sá Maria pode levar. Eu até vou dar para a senhora as seis que nós temos aí, sá Maria.

A velha agradeceu muito, que queria somente por meia hora. Fundido o sebo, trazia de novo as fôrmas.

Minha mãe desculpou-se que então não havia compreendido e saiu lá pra dentro. Joana, na cozinha, afogava o arroz, para o jantar. Meu pai, na ausência de mamãe, quis conversar, mas todos os assuntos lhe pareciam idiotas. Sentia vergonha de sá Maria. Achava que sá Maria iria dizer que ele era um sovina – "um ridico". Sá Maria já teria ouvido o que ele dissera dela, ao entrar.

– Essas daí são da senhora, ouviu, sá Maria. Nós não precisamos. Usamos agora querosene.

Sá Maria foi-se embora e minha mãe queria saber que negócio de despesão era aquele do tratamento dela: – Foi o único tartamento que fiz. Uma miséria – 200$000.

Meu pai explicou muito que não falara com tal intuito. Ficou somente admirado de o remédio não ter produzido os efeitos esperados e contrariado por mamãe não ter seguido a prescrição médica.

– É assim mesmo, – continuava minha mãe, – a gente morrendo no serviço e você nem para enxergar o sofrimento da gente. Um ingrato.

Minha mãe falou muito e meu pai ficou paciente, calado. Não contaria que pagara ao médico cinco contos de réis. Não contaria a vergonha que passara com as casas comerciais de São Paulo e de quanto o coronel o humilhara. Não contaria coisa alguma. Que valeria a mamãe saber?

Para meu pai, confessar a mamãe que pagara cinco contos de réis com o seu tratamento era o mesmo que dizer-lhe: "Você está-me saindo cara, mulher! Bem que eu podia ter casado com outra". Seria humilhante. Era quase comprar de minha mãe determinadas renúncias, determinados carinhos. Por isso, calou-se, escutando a negra mexer, na cozinha, o arroz na panela e aquele frigir de arroz afogado.

Era melhor escutar aquilo a confessar que o doutor não tivera para com ele a mínima consideração, cobrando os cinco contos. Não levara em conta a amizade, os cafés, os doces, os passeios, – nada.

Bem, um dia, quando o filho de Valentim foi jogar o pacote de "comê" para o demente, ele deu aquele urro, balançou as grades. O menino confiava nelas; já estava habituado com a cena:

– Bamo vê, André véiu! Força!

E não é que a grade cedeu mesmo! O menino correu. Era tarde, porém.

– André Louco fugiu.

O sininho da cadeia repicou alarmante. Bateram-se as portas das casas. Todo o mundo passava correndo, entrando na primeira porta aberta. André Louco saiu arrastando o corpo do filho de Valentim pela rua.

– Bem que o senhor disse, seu João. O Louco arrombou o calabouço e já evém aí, – contou o sacristão, portador da novidade.

– Ah! Eu sabia disso. Nossos pedreiros de hoje... Os antigos eram portugueses, – dizia meu pai, alegre com o cumprimento do vaticínio.

– E matou ainda o filho do Valentim.

– Chi! Lembra-se do que falei? Lembra-se?

– Foi mesmo, seu João. Eu também achava isso – anuiu o sacristão.

– Pois é. Só quem não quisesse ver.

Na janela surgiu a cara preta de Joana, lenço amarrado na cabeça: – Tá veno, seu João, num falei pro sinhô!

Meu pai não lhe deu ouvidos, porque sentia que Joana lhe roubava a primazia da profecia.

— Que trem metido! — pensava consigo, enquanto o sacristão se afastava apressado, transmitindo a nova, de janela em janela. Ainda de longe voltou-se e atirou a meu pai:

— Convém fechar as portas, seu João.

Mamãe apareceu na loja assombrada com a notícia que Joana lhe dera. Joana, sempre aziaga, já contava que o Louco estava armado com as carabinas dos bate-paus e vinha fuzilando gato e cachorro.

João, já fechei a casa inteirinha, só falta agora a loja.

Meu pai, calmo, lendo, perguntou:

— Fechar a loja?

— Por causa do Louco.

— Não. Não fecho não. Pago imposto para tê-la aberta. Pago imposto para ser garantido. Você feche-se lá dentro com os meninos. Eu não arredo pé desse lugar.

— Mas, João...

Meu pai levantou-se impaciente do tamborete em que estava assentado, empurrou minha mãe para dentro de casa, como se nada de anormal ocorresse, fechou a porta que dava acesso para o interior e voltou novamente para o tamborete, muito calmo, lendo.

Mamãe botou Joana rezando em voz alta e ficou pela greta da janela vigiando a rua. Papai continuava a ler.

Agora, entretanto, lá vinha o barulho da corrente se aproximando. Mamãe bateu na porta: – João, não faça isso. João, pelo amor de Deus, feche a porta. Lembre-se de que temos filhos.

Papai lia. Mamãe teve vontade de abrir a janela e gritar, pedir aos vizinhos que obrigassem meu pai a fechar as portas. Mas quem a ouviria? Ia lá alguém sair naquele momento? O melhor era entregar para Deus. Resolveu deitar-se, fechar os olhos, tapar os ouvidos.

– João, ó João, feche a loja. Olhe o Louco, homem!

A cara de Joana era horrível. Os beiços batendo, a atenção alheada da reza, fixa lá fora na rua, acompanhando os passos de André Louco, pelo tinir da corrente.

Mamãe foi até à janela, olhou pela greta. Fora o vizinho da frente quem gritara, prevenindo meu pai. Ela quis abrir a janela e agradecer ao vizinho. Explicar a resolução maluca de meu pai, pedir-lhe que forçasse o marido a fechar a loja. O seu campo visual, porém, foi tapado pelo corpo do Louco que passava rente da parede. Mamãe ficou quieta. Toda ela era uma grande orelha. A corrente se arrastava por dentro da loja. Depois, um gemido e o baque de um corpo no soalho. Coitada de mamãe! A cara que virou para Joana era de interrogação dolorosamente ansiosa.

A preta compreendeu: voou na porta que dava para a loja e espiou pelo buraco da fechadura. Mamãe havia fechado os olhos e tapado os ouvidos de novo. Tapava os ouvidos para aguçar mais a atenção.

– Num tem nada, dona. Seu João inda tá lá, lendo no livro dele.

– E o Louco?

– Num é capaz de vê ele não.

Mamãe empurrou Joana e ocupou-lhe o lugar. Nisso entraram pessoas na loja. Antão entrou bufando, de cansado. Vinham armados de paus, revólveres. André estava manso, sentado no chão. Parece que a morte do menino lhe trouxera paz à alma. Seu rosto tinha um alheamento estúpido, numa serenidade sublime. Meu pai se levantou e aproximou-se do grupo. Começaram a amarrar André Louco e o levaram, por último, para a cadeia. Desse momento em diante a casa foi se enchendo de gente:

– Mas ele ficou quieto, seu João? Num feis nada?

– Não fez nada. Olhou para mim com uma cara muito feia, para depois assentar-se aí.

– Que que o senhor feis?

– Fiz nada não. Nem olhei para ele direito. Fiz que não vi. Continuei a ler.

– Quem sabe ele não viu o senhor?

Meu pai não respondeu àquilo. Era uma suposição besta.

Ninguém podia compreender a atitude de meu pai. Não alcançava a grandeza de seu protesto, a sinceridade da rebeldia e da abnegação à causa do afastamento do Louco da cidade. A conversa ia animada na loja cheia de vizinhos, com Joana irradiando o caso tintim por tintim e sublevando a massa, subtraindo a meu pai a primazia no vaticínio da morte do filho do Valentim, quando a mãe do menino passou aos gritos, com a penca de filhos atrás, chorando.

O defuntinho foi transportado para a casa do pai, que era lá na rua de São Bento.

Pegou a cair uma noite cheia de espetros. Cheia de rodinhas de gente pelas esquinas, pelas calçadas. Uma noite azeda e cretina, de crime, de terror, como aquela noite em que mataram o irmão de meu pai.

O Louco, nessa noite, não gritou. Em compensação, para afirmar a teoria de seu João sobre o barulho urbano noturno, o martelo do carapina, até às duas horas da madrugada, ficou pregando tachinhas no caixão do filho de Valentim. O martelo agoureiro ficou pregando tachinhas e galões dourados no silêncio dessa noite de crime. Pancadas monótonas, tristes, ritmadamente inexoráveis.

Mamãe foi à casa da pobre mulher. Papai não quis ir. Estava um tanto indisposto e ainda tinha que repetir o acontecimento, minuciosamente, a cada visitante.

De noite, a casa estava que não cabia ninguém. Como nos dias de aniversário. A conversa reboava na varanda. Mulheres, meninos, homens. Na cozinha também Joana contava casos sobre crime, sobre morte, sobre o diabo a quatro.

Ao voltar minha mãe do quarto, com o lampião de querosene aceso, que descansou sobre a mesa, dizia meu pai:

– Não. Eu não quis fechar a porta.

– Mas por quê, seu João?

– Por quê? Todo o santo dia essa amolação de louco na rua. Não quis fechar. Ou a gente tem garantias e não precisa andar armado e morar dentro de uma fortaleza para defender-se, ou então...

– Bem. Mas aí é diferente. Uma coisa fora do comum.

– Que loucura, esperar o demente!

– Ainda mais depois de ter matado o menino, – dizia a mulher do juiz, virando-se pra mamãe, que confirmou formalizada:

– Pois é, dona Belinha.

– Ele não sabia ainda que o André já tinha matado o menino; sabia, dona Zefinha? – perguntou o juiz a mamãe.

– Não sei, – disse mamãe, voltando-se para papai, a quem ia pedir esclarecimentos. Mas já meu pai havia ouvido a interpelação e interrompeu a conversa com o dentista, para explicar:

– Sabia, sim. O sacristão me contou e...

— Foi mesmo, gente, — confirmou minha mãe, que fez uma careta, botou a mão na cabeça e depois empurrou a perna da mulher do juiz, amigável, explicando:

— Fiquei tão atarantada, dona Belinha, que não me lembro de nada dessa vida.

— Não é para menos. Deus me livre, — disse dona Belinha, estacando a prosa com mamãe, para não perder uma só palavra da narração que da cena fazia meu pai.

— ... eu já tinha certeza de que ele ainda haveria de matar gente.

— Mas daí, seu João, ele chegou e...

Meu pai continuou narrando o fato, repetindo a cena, tal qual se dera, sem nenhum exagero, sem nenhuma mentira. Devia ser a centésima vez que ele repetia: "Ele chegou e eu continuei lendo, como se nada estivesse vendo. Na verdade, porém, o vigiava com o rabo do olho."

Os outros visitantes, que ainda não haviam ouvido o caso em sua própria fonte, aproximavam-se para escutar.

— O senhor não tinha arma, seu João? — perguntou o dentista.

— Tinha, sim, — informou o escrivão, enxerido.

— Não tinha não, — retrucou meu pai imediatamente. — Não senhor, arma nenhuma!

Para meu pai essa particularidade era de grande importância – pedra angular de seu apostolado. Entregar-se inerme à sanha do Louco, em holocausto da causa que defendia. Depois, enfrentar desarmado um tal perigo era muito mais espetacular do que confiado em armas. Tudo isso meu pai levava na devida consideração, mas os outros eram rudes demais para deduzir. Podia-se afirmar que fora heroísmo mal empregado.

– Arma de espécie alguma, – reafirmava.

– Pois foi o Antão que falou que o senhor estava com uma carabina debaixo do balcão, – afirmou o escrivão, limpando os óculos.

– Ainda mais carabina, – exclamou meu pai. – Eu, aqui em casa, não tenho uma só arma de fogo. Não é, Zefinha?

– Só as panelas.

– Só o quê? – interrogou carrancudo meu pai, que se admirou daquela afirmação brincalhona de minha mãe, que lhe pareceu querer desmenti-lo.

– Só as panelas, – informaram vários, rindo. Meu pai riu-se.

Houve um momento de gargalhadas.

Ao lado, um grupo de três pessoas ouvia um caso que Manuel Clemente principiou a contar, a respeito de armas de fogo. Devia ser pornografia. Manuel Clemente era muito porco. Ele contava a meia voz, olhando para os lados, com a cara maliciosa. Sua cara, em tais momentos, é que criava a pornografia. De quando em quando levava o lenço à boca para rir. Outros também riam. Minha mãe passou uma olhadela no Manuel. Tinha uma "jeriza" especial dos casos sem-vergonhas de Manuel. Homem inconveniente. Não sabe portar-se com decência. Velho cachorro!

Ouviram-se passos na calçada, depois no corredor. Minha mãe levantou-se, pediu licença e foi receber as novas visitas. Já não havia mais cadeiras vagas. Minha mãe convidou os novos visitantes a tomarem assento. Houve um momento de indecisão:

– Boa noite.

– Boa noite.

Barulho de cadeiras arrastadas. Meu pai também saiu e deu lugar aos novos visitantes. Era Henrique Martins, negociante, e a família. Manuel Clemente parou de rir porque era inimigo de Martins. Martins entrou desajeitado, supondo que Clemente estivesse falando mal dele, tanto que estacou o riso, sem graça, ao vê-lo chegar.

– Sente-se aqui, dona Mariazinha, – disse a mulher do juiz, arranjando um lugar mais no sofá.

– Num carece incômodo, dona Belinha, vô entrá pra cozinha.

Meu pai voltou lá de dentro, trazendo o derradeiro tamborete, todo escanchelado. Não foi, porém, ocupado. Manuel Clemente já estava no corredor: – Cadê meu chapéu, seu João?

– É cedo, seu Clemente.

– Cedo é hora de se levantar, seu João. Esse cara de corno não vai comigo, – e apontou com o queixo o Henrique Martins, que se assentara justamente no lugar dele, na sala.

– Boa noite.
– Boa noite.

Assentaram-se todos. O juiz voltou novamente: – Vamos ver, seu João, o resto.

– Sim. Em que ponto estava?

Ao lado, mamãe referia o fato a seu Henrique Martins e à mulher.

– O Louco já havia entrado na loja, – disse o juiz.

– É mesmo, – fez meu pai, relembrando-se. – Entrou com uma cara horrível. Não lhe dei atenção. Esteve um momento assim de pé, meio desajeitado, reparando o ambiente, e depois assentou-se no chão.

– Eu que quase morro de susto, doutor, – disse mamãe, – quando ouvi o baque na loja; cheguei a esfriar de susto. Achei que era o João que tinha sido estrangulado.

– Com razão, dona Zefinha.

– Mas não houve luta, seu João? – perguntou o Henrique.

– Que luta! – replicou meu pai. – Luta nenhuma. Nem toquei o dedo nele. Quando ele se assentou, chegavam já o Antão e outros.

– Uai! não foi o senhor que deu uma paulada com o metro nele, pondo o cujo desacordado?

– Nada disso, – replicava veemente meu pai.

– Pois me contaram... – justificou Henrique.

— História! O fato se passou comigo. Ninguém viu nada. O Louco estava calmo. Antão chegou e ele nem deu por fé.

Minha mãe também protestava. Não tinha visto, mas ouvira tudo:

— Não teve nem beliscão.

— Isso decerto foi o Antão que contou, – observou meu pai, depois de uma pausa. – Contou mais que eu tinha arma. Que absurdo!

O dizer que ele reagira comprometia seriamente sua causa e por isso seu João se irritava.

— É. Vão floreando o caso.

— Vão mesmo. Não dou muito para dizerem que matei o Louco. – O fraco de meu pai eram os prognósticos.

— Feito o caso do ovo da galinha, – disse o juiz. – Conhecem?

Meu pai estava enjoado de sabê-lo mas falou que não conhecia, para deixar o juiz narrar. O magistrado gostava tanto de pilhérias!

"Um sujeito, ao acordar cedo, disse à mulher: mulher, botei um ovo esta noite. Olhe aqui o bruto. A mulher se admirou muito. Ele pediu que não contasse nada a ninguém, seria vergonhoso. Um homem agora botando!" Novos passos no corredor. Meu pai não podia levantar-se, pois o juiz dirigia principalmente a ele a narrativa. Acenou, com a cabeça, para mamãe, que pediu licença e foi receber as novas visitas.

Noutro ponto da sala, a prosa ia animadíssima sobre a morte do menino. Quase ninguém dava ouvidos à anedota do juiz, que era barbuda de velha.

– Estrangulou ele.

– Não. Diz que foi dando com ele pelas pedras, que nem um batedor de arroz.

– Mentira, – contestaram.

– O Bebé da venda viu tudo. Foi estrangulado.

Novos cumprimentos no corredor:

– Boa noite.

– Boa noite, vamos entrando.

Arrastaram-se novamente muitas cadeiras, houve trocas de lugares. Mamãe cedeu o tamborete dela. O juiz, nesse meio tempo, terminava a sua piada, entre poucos e chochos risos. Só papai riu com mais energia, assim mesmo de maneira forçada. Ria por ser útil e por um espírito cívico de respeito e acatamento à autoridade judiciária.

Seu Henrique Martins queria saber por que é que papai ficara esperando o Louco, e não riu da piada do juiz. Era uma truculência interromper a narração com uma anedota mais velha que a Terra.

– Porque achei desaforo ter que fechar a loja. Paga-se imposto para tê-la aberta e para ter garantias.

– O caso, porém, é inesperado, insólito, – aventurou o juiz que se julgava na obrigação de defender nossas instituições.

Meu pai viu que era o momento oportuno para pregar a revolução contra André Louco:

– Inesperado nada, doutor. Todo o santo dia esse endiabrado faz uma bramura aqui. Já não se tem descanso.

Henrique Martins era partidário de papai. Achava que o Louco devia voltar para o sítio. O juiz entretanto arrazoava, meticulosamente, judiciosamente, que a cadeia era o único lugar seguro para doentes mentais, e terminou:

– O senhor, seu João, foi quem levantou a idéia de trazê-lo para cá, lembra-se?

– Bem. Porque julgava fosse mal passageiro. Agora, não.

– Para tais casos, o melhor seria a morte, – afirmou o escrivão.

O juiz protestou que não, que isso era absurdo. Ninguém tinha o direito de matar.

– Como faziam os gregos e os romanos com os aleijados, – lembrou o dentista.

As mulheres entraram na prosa:

– Absurdo! Quede sua religião?

– Falta de caridade.

– A caridade tem sido um mal, – afirmava o dentista. – Sustentando batalhões de inválidos, de infelizes.

Meu pai admitia a morte como uma solução para os loucos. Medida, porém, inaplicável, ilegal e portanto fora de cogitações.

— Aplicar-se-ia a eutanásia – observou o dentista. — Eutanásia, – repetia ele, achando sonoro o vocábulo.

— Mas é inaplicável por nossas leis, – repisou meu pai.

— É – retrucou novamente o dentista – eutanásia.

— Não se exige eutanásia, – objetou meu pai, já encabulado com a insistência ostensiva do dentista. Tinha para si que o bobo queria mais ou menos dizer que não conheciam o vocábulo. Isso o irritava: – Já não exijo eutanásia. Uma morte qualquer. Eutanásia é morte sem dor, suave, como indicam os próprios elementos gregos. É exigir muito luxo. Para o louco, pode resolver o problema, mas para a sociedade não.

O juiz concordava com a etimologia, preferindo ignorar a parte social da questão; e passou a explicar à mulher que Eugênio significa, em grego, bem-nascido.

— Não é mesmo? – recorreu para a erudição protética do dentista.

— É; *eu*, bem; *gênio*, gerar, gero.

Meu pai continuava a prédica contra André Louco, semeando a revolução no ânimo de Henrique Martins, do escrivão e de outros. Falava fluentemente, mas com o sentido na demonstração barata de conhecimentos etimológico-dentários. Seu João estava safado da vida.

— E oxigênio? – perguntou o juiz, continuando na argüição. – Gera a vida?

— Não. Oxigênio vem do grego *oxus* e do latim *ferre* – trazer.

O meritíssimo ficou silencioso por algum tempo, remoendo a estranha formação, para depois interpelar duvidoso: – Uai, mas o que está fazendo esse *ferre* aí? Na palavra não tem nenhum elemento *ferre*.

— É verdade – concordou o dentista. – Desapareceu por alguma lei da lingüística. Depois o grego é um idioma difícil e multiforme.

— Seu João, ó, seu João, e esse *ferre* da palavra oxigênio? – O juiz invocava, sinceramente tocado de aflições gramaticais, a ilustração de almanaque de seu João. Mas para seu João era de importância capital não intrometer-se no assunto. Ele não se arriscava a tão sérias sortidas pelos sertões da erudição. Era uma temeridade sobre-humana. Por isso, fez ouvido mouco, dando mais eloqüência à sua palestra com Henrique Martins.

O juiz estava aflitíssimo: – Mas o *ferre*?

— Procure na Enciclopédia e Dicionário Internacional, Jackson inc. Editores, volume... O dentista quis citar minuciosamente tudo para deslumbrar o magistrado e obrigá-lo, com o choque, a esquecer o diabo do *ferre*. A memória, porém, não ajudava, embora o esforço transfigurasse o pobre dentista: – Volume... número... espere aí.

Contraiu o rosto, fechando os olhos, apertando a fronte com a mão e rememorando a meia voz: – "Volume primeiro, da letra *a* à palavra *arável*; volume segundo, de *arável* a *b*; volume terceiro..." Era impossível guardar de cor. O juiz o estava torturando, poderia dar qualquer número, ia lá fazer força em vão!

– Volume número 20 ou 22.

O juiz seguira suas reações mentais com profunda emoção e, vislumbrando a possibilidade de um empréstimo, aventurou: – O senhor tem a obra?

– Meu livro de cabeceira, – apressou-se o cirurgião em responder, satisfeito por ter-se saído da enrascada e mais ainda por poder continuar deslumbrando o magistrado, em cujo semblante passou um arrepio luminoso.

Por um golpe de lábia, porém, o dentista escamoteou o jurisconsulto, cujas intenções traiçoeiras descobriu em tempo: – Minto, doutor. ERA, porque acabei de fazer presente dela ao meu cunhado, sabe?

A sala era um campo de batalha, quando o juiz e o dentista desceram dos intricados labirintos filosóficos: um exército atacava o Louco; outro o defendia. Neste último o dentista assentou praça, para afirmar:

– Precisamos do Louco, seu João. Precisamos muito dele. Sem o Louco ninguém agüenta a insipidez da cidade.

– Deus me livre desse movimento, – exclamou a mulher do Juiz.

– Se não fosse o Louco não teríamos hoje esse prosão animado, – continuava chistoso o dentista.

O juiz metia o pau na organização social, quando mamãe entrou na sala com a bandeja de café: – Precisamos de higiene pré-natal, hospitais, manicômios, assistência médica, escolas, e...

– Dona Belinha, um cafezinho?

– Bom café, dona Zefinha!

– Nada, doutor. O senhor aceita um biscoito?

O doutor não comia nada depois do jantar. Era hábito vindo dos pais.

– Mas não faz mal, doutor. É muito leve, de goma.

– Ele não come nada depois da janta, dona Zefinha – acudiu a mulher em auxílio do marido. – Escova os dentes depois da janta e só põe alimento sólido no outro dia.

– Ora! mas esse não faz mal.

Também papai veio assediar o doutor: – Quebre hoje a praxe, doutor.

– O hábito é um mal, – aventurou o dentista. – Ainda mais hábito hereditário. É pior que a sífilis hereditária.

Houve um susto geral quando o relógio da igreja despejou dez pancadas no ambiente. O juiz conferiu as horas com o seu relógio:

— Dez horas, Belinha.
— Dez horas, chi! vamos embora.
Outras pessoas tiraram relógios.
— Dona Belinha, é muito cedo. A prosa está muito boa, — disse mamãe.
— Está, é exato, dona Zefinha, mas seu João decerto está cansado com a emoção, — ponderou o juiz.
— E os meninos sozinhos, em casa, — obtemperou a mulher.

Embora meu pai continuasse afirmando que era muito cedo, etc., o alarma do juiz foi contagioso. Os visitantes aproveitaram do ensejo para também ir saindo. Era muito tarde. Naquele tempo, dez horas era tarde a valer, pois daí a duas horas começava Maragã a passear pela rua. Meia-noite, então, era umas três horas mais tarde do que as meias-noites de hoje em dia, com luz elétrica. No corredor escuro foi um custo encontrarem-se os chapéus, os guarda-chuvas, as bengalas.

Depois meu pai saiu até a porta com o lampeão de querosene, levantou-o à altura da cabeça, a fim de alumiar a rua escura, para que os visitantes não caíssem pelas grotas.

O lampião clareava o chão coberto de capim, as mangueiras, as paredes das casas. Sua luz refletia-se nas vidraças das casas fechadas, tristes, quietas, paradas. O gado que dormia na rua levantava os olhos para a luz. Outras reses estavam deitadas mesmo na estrada que atravessava a rua. Para passar, os homens as cutucavam com as bengalas. As vacas leiteiras moviam-se pachorrentamente, molengas, em movimentos pacatos.

Meu pai continuava clareando a rua, o lampião agora descansado na cabeça.

– Obrigado, seu João. Boa noite, – agradeciam as visitas, já longe de casa, fazendo crer a papai que não carecia tanta delicadeza, que daquele ponto em diante iam bem, sem a luz do lampião.

– Boa noite. Nada, – respondia meu pai.

– Cuidado com uma grotinha aí, hein, dona Belinha, – avisava mamãe, cheia de cuidados.

– Já vi, dona Zefinha, obrigada.

Quando o grupo já estava quase na esquina, papai se recolheu com o lampião.

Nalgum ponto da cidade o carapina martelava o caixão do filho de Valentim.

Nessa noite, na cozinha, os casos foram de arrepiar. Joana contou histórias tremendas. Agora anunciava o próximo número: em que André Louco incendiaria a cidade. Narrou casos de mortes praticadas por loucos, de fatos idênticos, em que pessoas já falecidas haviam lutado com indivíduos doentes da bola.

Para Joana, André Louco estava possuído do capeta.

– Eu também acho, Joana.

— Eu acho, não: tenho certeza, como hoje é dia de quarta-feira. Ocê conhece o doutor Quinca?

A interlocutora de Joana, criada do dentista, não conhecia.

— Ocê num conhece? Um doutor bonito, que fica sempre na pensão, cujo tem um cachorro de raça, preto?

— Num seio quale é não, Joana.

— Ora, essa minina! aquele que carregô o andô de Sinhô Morto neste ano.

A outra continuava olhando para o teto, com a mão na cabeça, uma careta exagerada de quem concentrasse o espírito, escarafunchando as gavetas do cérebro, e de supetão:

— Ah! já seio. Já seio. — Ela não sabia nada, mas fez de conta que sabia para ver se Joana continuava o caso. Joana fazia muita questão de que seus interlocutores conhecessem os personagens de suas histórias, a fim de lhes dar caráter de veracidade.

— Pois esse doutô disse que André tá com o demo no couro. Sabe como foi que ele entrou, o xujo?

A interlocutora também não sabia.

— Foi o isprito de Rumãozinho, viu?

Romãozinho era um espírito diabólico que andava enchendo o sertão de estrepolias. Joana contava que no dia que André Louco disparou o carro, foi porque se tinha encontrado com Romãozinho.

Romãozinho lhe pedira para levar no carro uma trouxinha de roupa desse tamanho.

– Pode botá, – disse André.

Romãozinho pôs e o carro começou a rodar. Com pouco, no chapadão batido, os piões da roda entraram no chão, como se fosse em areia. Os bois fizeram uma força dos trezentos e não conseguiram arrastar o carro. Então André "garrou" a gritar, a ecar com os bois. Nisso Romãozinho retirou a trouxa e o carro disparou. Tinha ficado muito leve.

– Mas quem é que viu, Joana?

– Isso num seio, minha nega. Quem contô foi o doutô.

– Decerto foi o irmão do doido, num é?

– Capaz.

Na hora do enterro do menino, no outro dia, André Louco gritou desesperadamente. Dava cada arranco nas cordas que o prendiam ao moirão que chegava a abalar a estaca. Babava, os olhos saindo faíscas, de ódio. Mosquitos esvoaçavam-lhe em torno e cachorros vadios espreitavam tímidos, sentados nas patas de trás, os restos de comida espalhados perto de André Louco, no meio da porcaria.

Passou a ser um espetáculo concorrido esse de André estrebuchar no moirão, no meio do largo da cadeia. Sá Maria Lemes afogou-se em verdadeira orgia piedosa. Varava a noite perto do demente, ao pé da fogueira, rezando o terço. Reuniam-se mais velhas e ficava aquele zunzum confuso de rezas a noite inteirinha. Isso durou até o dia em que os bate-paus "puxaram um fogo brabo" lá pras bandas da rua do São Bento e vieram embriagados para perto de André Louco, onde Maria se atolava em sua orgia sacra. Chegaram e foram logo tentando beijar sá Maria, levantando as saias das outras velhas. Deram parte a Manuel Benedito, que veio correndo, bateu o sininho e recolheu os bate-paus para o xadrez. O coronel proibiu aquelas farras de sá Maria.

Vai, ela se mudou para a igreja. Como não havia padre, resolveu sá Maria, ela mesma, rezar o terço cada noite. Às ave-marias, quando Chiquinho sacristão abria a igreja para tocar a ângelus e alimentar a lâmpada do Santíssimo, ela entrava, acendia logo duas velas, abria as portas. Com pouco chegavam outras velhas, que saíam do escuro das casas feito percevejos, embrulhadas nos xales, arrastando chinelas. A igreja ia engolindo aquilo tudo. No fundo da nave, o olho rubro, misticamente sensual da lâmpada do Santíssimo, destilando sua luz fanática. No altar de Senhora das Dores, duas velinhas. O resto no escuro. Não havia bancos, nem genuflexórios. As mulheres chegavam e assentavam-se no chão, cobrindo os pés com a saia. Geralmente forravam o assento com os chinelos. Depois ajoelhavam-se, tendo sempre o capricho de se cobrirem toda com a saia. Ficavam aqueles pacotes, embrulhadas nos xales.

Joana não podia, por hipótese alguma, perder o terço. Mal o sacristão passava, ela já ficava de orelha em pé, irrequieta. Mais um pouquinho, lá se ia de xale trançado, terço na mão, arrastando chinelos no crepúsculo. Havia de passar pela casa do dentista e chamar a criada dele. Era infalível.

Na igreja, sá Maria Lemes bancava o padre. Ajoelhava-se junto ao altar. Só ela tinha esse direito incontestável. O sacristão, como sempre, fazia-se de sacristão.

As velinhas tremiam. A igreja era uma escuridão hesitante, cheia de mistérios ciciados. Na porta, ficavam homens conversando. Vozes monótonas, grossas. Sá Maria ia tirando o terço e as vozes inúmeras das mulheres respondendo.

Morcegos cochichavam pelos vãos do forro, já todo arrebentado, ou rodavam, em vôos trôpegos, chiando, pela nave. Alguns se escapuliam do alto e tombavam contra o solo. Saíam se arrastando, tremendo, batendo as asas inúteis pelas saias das mulheres. As chineladas reboavam, os gritos, as correrias. Chiquinho sacristão vinha com a velinha na mão. O homem que conversava grosso na porta entrava também para auxiliar a caçada, com uma faca pontuda na mão, espetava o malvado e o jogava ao largo.

A calma voltava de novo. Sá Maria tocava pra diante a ladainha. O povo tossia ininterruptamente. Tossia que era um absurdo. Havia silêncios de segundos apenas. Alguém, porém, pigarreava. As mulheres se lembravam de que havia um tempão não tossiam e recomeçavam com mais insistência ainda. Fora, a voz monótona e grossa dos homens.

Foi numa noite assim, depois da morte da criança, quando André, amarrado no moirão da porta da cadeia, atroava a noite de imprecações, que deram o alarma dentro da igreja:

— André Louco!

Foi um berreiro dos trezentos no templo. Sá Maria continuou firme no seu posto, enquanto o resto do povo, inclusive Chiquinho sacristão, corria às cegas pela casa. Encontrões, quedas, recuos. Afinal, a igreja ficou deserta, só com sá Maria ao pé do altar prosseguindo na reza agora manca. As velas se apagaram.

Joana chegou lá em casa esbaforida, tremelicando, levemente fouveira, meio azulada. Nem podia falar, as ventas que nem dois foles.

— Que é isso, negra, parece que viu o capeta?

— André Louco na igreja. Me deu um pescoção, espia só. — Mostrou a cara contundida.

Minha mãe olhou para papai, como que indagando se ele não ia lá.

— Não tenho nada com isso, estou cansado de dizer que esse louco não pode continuar na cidade, — respondeu ele.

Na cidade o bulício continuou. Diziam que André Louco havia matado sá Maria Lemes e que estava armado de fuzil, no interior da igreja. Quem é que ia meter-se com um trem daquele entocado no escuro?

Homens armados, munidos de facho, agrupavam-se na porta principal do templo sem saber que resolução tomar.

– Psiu, silêncio. – É que ouviam passos, batidos de portas, gritos. Tudo isso os ouvidos aterrorizados ouviam.

– Ele está quebrando os santos, tacando fogo nos altares, dando com sá Maria pelas paredes – informaram.

Antão saiu, pé ante pé, entrou pela sacristia e sua intenção era galgar o coro, pela escada, para lá de cima examinar todo o corpo do edifício. Mal, porém, deu os primeiros passos, desabalou para trás numa corrida curta e feroz:

– Óia o home, negrada!

O grupo arrancou atrás de Antão, rumo à cadeia, onde seria fácil encontrar os bate-paus. Já divisavam o prédio da prisão emergindo da escuridão da noite, quando o grito de André Louco estrondou.

– Nossa Senhora, ele já tá aí, negrada!

Antão, na frente da turma, na sua carreria curta e tonta, arrepiou caminho, e entrou pela rua Direita. A rua estava deserta, com as casas todas fechadas, portas escoradas, gente rezando nos oratórios. Era uma ruazinha estreita, com o sobradão do coronel ocupando toda a sua extensão. Rua calçada a laje. O tropel do pessoal enchia o silêncio da noite. Atrás dos homens, seguiam os cães latindo. No dobrar da esquina, para sair no largo da igreja, Antão ouviu um tropel de gente no seu encalço. Quem era gritava.

– Corre, pessoá. O Louco evém aí e tá armado, – preveniu Antão.

Não havia onde entrar, porque as casas todas estavam lacradas, escoradas. Só havia mesmo a igreja. Sim. A igreja era um bom refúgio. André Louco não estaria lá mais. Antão ouvira os gritos dele na porta da cadeia e em seguida tinha ouvido, e ainda ouvia, o tropel de alguém que os perseguia, pega-não-pega seu paletó. Só podia ser André Louco. No seu medo, chegava a jurar que era o demente. Era entrar na igreja, bater a porta e pronto. A porta do templo, do lado em que eles vinham, estava fechada. Antão quebrou cangalha, contornou o edifício pelos fundos, a turma rente com ele, e alcançou a outra entrada, do lado oposto.

Com Antão entraram mais dois e ele bateu a porta. Mal, porém, ia correndo a tranca, bateram insistentemente do lado de fora:

– Abre aí, gente, pelo amor de Deus. – Era o sacristão que sobrara. Antão abriu um tiquinho. Chiquinho entrou espremido, rasgando a roupa e dilacerando a carne num prego desgraçado fincado perto da taramela. Antão trancou bem a porta, botou dois homens de vigia e se afundou pela igreja. Nisso o tropel dos outros companheiros dele, que se atrasaram, retumbou nas lajes, na frente da porta, por onde Antão entrara.

– Abre, gente, abre!

– Não senhor. Não abre nada – gritou Antão, já no meio da escadaria do coro, para onde ia subindo.

Com pouco, Antão ouviu tropel do pessoal que corria novamente e uma voz de quem vinha mais atrás, em perseguição daqueles, gritando, chamando.

– É André mesmo! Espere aí, – disse Antão. – Vou amostrá o marvado. – E subiu o resto da escada do coro, abriu a janela alta, pois André, naturalmente, prosseguiria na perseguição aos que não puderam entrar na igreja e então, da janela do coro, que dava para o largo, Antão poderia pregar um tiro nele. Abriu a janela. O grupo dobrava atrás da igreja, para contorná-la. Não se havia sumido ainda quando o dono do tropel atrasado surgiu. Antão já ia apontando a garrucha, mas reconheceu Manuel Benedito – o carcereiro.

– É! Mané, que isso?

Mané estacou: – Num sei não, uai!

– Cadê o Louco, Mané?

– O Louco tá amarrado lá no toco.

– Tá não. Fugiu e entrô aqui na igreja, – explicou Antão, cheio de valentia.

– Num pode, sô. Indagorinha ele tava no toco.
– Na hora da reza? – perguntou Antão.
Vinham passos na escada do coro, um passo leve, de negaça. Antão fez sinal para Mané que se calasse. "Seria possível que André viesse subindo? Por onde será que entrou?" Escondeu-se atrás da porta, armou a garrucha e ficou de tocaia. O passo era manso, vagaroso. Nesse meio tempo os gritos de André reboaram lá fora, na porta da cadeia: – Ai-ai!
Antão deixou seu esconderijo e rumou para a escada. Sá Maria Lemes vinha subindo.
– Uai, sá Maria, a senhora! Cuidei que era o demente.
– Que demente, que nada! Nunca teve demente na igreja.
Antão voltou para a janela do coro novamente. O tropel do pessoal havia se apagado na noite calma, de vastidão imensa. Os cachorros latiam na sombra.
– Mané, mas o Louco tá amarrado de verdade? Ocê jura, Mané? – indagou Antão do alto da janela, aos gritos, com a garrucha na mão.
– Até agorinha, tava, Antão. Quando ocê passou correno na porta da cadeia não ouviu grito? Apois era dele...
– Mas não foi ele que saiu quereno pega nóis na rua Dereita?
– Fui eu, só. Corri atrás pra sabê por que era a correria.

Antão não deu mais ouvido pra sá Maria Lemes. Desceu a escada, que desceu zunindo. A porta da rua estava aberta. Chiquinho e os outros já se haviam escafedido, ao ouvirem o tropel de sá Maria na escada do coro, e que tomaram pelo do demente.

Antão saiu cautelosamente com Mané e foi olhar de perto o Louco. O vulto, de fato, era dele, mas Antão, mesmo assim, duvidou: pegou um tição e abanou com ele a cara de André:

– Vixe! que coisa mais esquesita! Num é mesmo, sô?

– André hoje num arredou daqui, – afirmou o carcereiro.

– Cuma é que falaro que ele tava na igreja? – perguntou Antão.

– Num seio. Num saiu. Ocês correro de medo, viu!

Antão ficou fulo: – De medo, não. Ocê, seu porqueira, anda soltano o gira. Ocê num presta, trem à-toa. Ocê mora mais a irmã.

– Foi de medo, – repetiu o carcereiro. – Valentão de bobage!

– Hein, sá Maria, André num teve na igreja? – perguntou Antão à velha, que chegava.

Sá Maria afirmava de pés juntos que tudo era inzona, que André nunca fora lá: – Nunca dos nunca. Tudo medo. – Fez uma pausa:

– Qué sabê dum causo, Antão? Quem gritou que André tava na igreja foi o filho de Mané

Quelemente. Aquilo é ruim que nem casca de ferida braba.

Antão não podia crer naquilo, sob pena de confessar sua covardia:

— Eu acho que num foi não, sá Maria.

— Foi, ora! Então ocê acha que eu havera de menti?!

— A senhora qué apostá comigo, sá Maria?

— Eu tomém acho que foi o minino — disse o carcereiro, displicentemente, com a cara voltada para outro lado.

— Mané anda soltano o doente. Qué apostá, tá na hora. Óia as caoia — tirou do bolso da calça um manojo de notas velhas amassadas.

Sá Maria estava azeda: — Quero apostá não, Antão. Num gosto de aposta. Isso é coisa do cão.

— O medo é o diabo, num é, sá Maria? — perguntou o carcereiro, como se Antão não existisse. A velha concordou e foi saindo.

Antão meteu o bolo de notas no bolso e cresceu pra Mané:

— Cachorro, se sá Maria num tivesse aqui, eu te mandava ocê pro nome da mãe!

Sá Maria apertou o seu passinho porque reconheceu quem chegava — Mané Clemente — e com ele outras pessoas. Antão foi ao encontro delas, esperando salvar seu periclitante título de valentão.

— Clemente, foi seu filho que gritou que André tava na igreja?

— Meu filho? Tá louco não?

— Aí, Mané, — disse Antão voltando-se para o carcereiro, — num falei!

— Que que falô?

— Que num era o filho dele.

— Num sei, — disse Mané num muxoxo, e virando-se para Clemente: — Foi sá Maria qui falô qui seu minino gritô dentro da igreja — André Louco — e daí pegô a carreira de Antão pela rua.

Clemente trepou na serra: — Véia rabujenta. Meu filho tava lá coisa nenhuma. Mas é isso mesmo: tudo de rúim que assucede é o filho do Clemente.

O menino, o famigerado filho do Clemente, veio chegando com a cara mais sem-vergonha do mundo.

— Onde ocê tava, fio? — interrogou o pai.

— Tava i.

— Ocê gritou na igreja?

— Nhor não, foi Didi.

— Que Didi, porqueira? — continuava Clemente a interrogar, numa indigente demonstração de autoridade paterna.

— Didi de dona Belinha, gente.

— Então foi ele, porqueira, foi? E num tinha nenhum louco não? — já perguntava o Clemente rindo da malinagem do moleque.

— Tinha não.

— Aí, Antão, — entrou o carcereiro novamente. — Vai tê medo nas pedras de fogo, bichão.

— Medo o quê. Todo o mundo corria, se ouvisse o fuzuê.

Estavam nesse pega pra capar, quando o delegado chegou. Vinha sem paletó, pois morava numa rua afastada, lá perto da serra e o sacristão o fora tirar da cama. Vinham mais o juiz de Direito, o dentista e outras figuras importantes. Discutiram muito, contaram casos, falaram alto. Antão querendo justificar sua correria besta pela rua, querendo salvar sua reputação de herói. O diabo do carcereiro a meter sempre um dito irônico, para vingar-se das verdades que lhe dissera Antão. Nisto, chegou um negrinho esbaforido, chamando pelo dentista, que nas horas vagas era médico também.

A mulher do escrivão estava muito mal. Aborto. Estava muito pesadona e dera uma carreira forte ao sair da igreja. Passava mal. Notícia de morte, botou água na fervura e dissolveu o forrobodó.

No outro dia a cidade era uma fogueira. Ninguém se entendia. Sá Maria Lemes afirmava que o Louco nunca tinha ido à igreja:

— Nunca dos nunca.

Antão afirmava de pés juntos que o vira lá dentro no momento que entrara pela primeira vez, quando o povo debandou.

— O sinhô encontrou-se foi comigo, seu Antão. Até chamei ocê, — asseverava sá Maria.

Isso exasperava Antão.

Mané Clemente foi à casa de sá Maria, xingou-a muito, falou muita coisa feia. O juiz, por sua vez, disse muitos desaforos pra Mané Clemente: que o filho dele é quem punha seu filho perdido. Dona Belinha, então, saiu à janela e gritou uma porção de indecências sobre a mulher de Mané Clemente. De par com isso, a mulher do escrivão gemendo no aborto.

Foi aí que a revolução de meu pai encontrou clima propício.

– Bem que o senhor disse, seu João. É preciso mandar esse tranca embora. Veja quanta discórdia, quanta coisa ridícula.

Afinal, num domingo, reuniu-se um povão na porta da cadeia para ver André Louco ir para o sítio. Papai não foi lá. Ficou com muito dó do demente. Joana foi e retornou com notícias de alto valor. Haviam costurado o demente num saco de algodão cru e depois botado "aquele pacote infeliz" dentro da rede, que foi também cosida. A seguir meteram um varal de punho a punho e Antão mais Mané Clemente partiram carregando o fardo.

Do fundo de casa, do quintal, a gente via a estrada que subia o morro, levando ao sítio dos irmãos de André. Joana postou-se lá espiando o cortejo, até que desaparecesse. Os vizinhos também olhavam trepados em cima do muro, e Joana contou um porém longo àquela gente, à custa das considerações ouvidas de meu pai, em suas prédicas domésticas subversivas. Nessa tarde, o dentista botou seu gramofone para tocar, como nos outros domingos. A máquina ficou tristemente mastigando as músicas, enchendo a solidão da cidade. Umas músicas entojadas – "Sobre as ondas"; um disco de Patápio Silva – "Serenata de Schubert", o "Meu boi morreu". Quando o gramofone cessava, ouviam-se os pássaros-pretos cantando, numa alegria de fim de mundo. E o resto do dia o gramofone alegrou funebremente a cidade mais deserta, mais muda, onde pairava um vácuo enfadonho, com vozes longes de gente conversando, menino chorando. O pessoal veio para as calçadas escutar a música.

De noite, a treva era um oco, sem os gritos de André. Joana, na cozinha, debruçada sobre o candeeiro, previa malefícios: – Que André ainda fugia do sítio e de noite entrava na cidade dando tiros, matando gente. Bateria na porta de meu pai e o estrangularia.

– Por que havia de estrangular ele?
– Seu pai mandou ele simbora.

No sítio, os irmãos de André prenderam-no ao moirão do curral, pela corrente que ele trazia ao tornozelo. Ali passava o dia inteiro gritando, arranhando o chão, andando em torno do toco. Ali defecava, mijava. Ali caíam detritos alimentícios. Tudo isso formava uma lama fedorenta, em que o

Louco chafurdava. Vinham porcos e cachorros famintos disputar aqueles restos de comida e o demente se divertia em pegá-los e matar. Para evitar isso, os irmãos puseram um vigia, – um menino, sobrinho de André, munido de piraí.

Vinha gente de longe para ver André. O sítio vivia entupido de gente e em torno do moirão sempre havia uma rodinha batendo papo, como no comércio. O menino, entretanto, tinha horas, se enjoava da pasmaceira e, para quebrar a monotonia, pespegava umas lambadinhas no demente.

André enfurecia-se, dava pulos, corria para o lado do menino, a fim de o alcançar. A corrente, porém, era curta e logo o estorvava. Ele estourava no chão, mergulhando na lama, esgoelando.

Vivia nu, ao relento, debaixo do sol e da chuva, debaixo do frio nevoento do fim de seca. Os bichos-de-pé pegaram a tomar conta de seus dedos, de seus calcanhares, de seu nariz, de suas orelhas. Aqueles imensos batatões arroxeados, nojentos, que o homem coçava com os dentes, gritando sem cessar.

Certa ocasião em que André estava muito entretido, fungando, pelejando para arrancar uma batata no dedão do pé, o sobrinho deitou-lhe uma relhada. Ele talvez nem sentisse. O menino sapecou outra. André prendeu a correia do piraí e puxou-a com força, arrastando na ponta o menino malvado. Havia gente por perto, lavando roupa no rego do monjolo, que acudiu em tempo. Mais de doze pessoas caíram em riba de André Louco, de porrete. A criança sofreu unicamente esfoladuras pelo corpo, mas o doido ficou moído de pau, em petição de miséria, largado na lama. A tunda que lhe ministraram expulsou as batatas de bicho de seu corpo.

Acontece que por esse tempo passava por ali uma leva de baianos. Para não continuar viagem nas águas já próximas, estavam eles derrubando uma roça de meia com os irmãos de André.

– Oxém! hai um jeito tão bão de prendê louco, qué vê?

No poço do calabouço do monjolo existia uma banda de couro cru se amolecendo para fazerem bruacas. O baiano era também hábil correeiro e imediatamente cortou um colete de couro cru, que ia da cintura ao pescoço de André com lugar para passagem dos braços. Coseu aquilo bem apertado ao corpo seco de André, enquanto ele jazia sem sentidos. Prenderam-lhe às costas a argola da corrente partida e ataram nela um laço longo e grosso. Passaram a ponta livre do laço por cima de uma trava da cozinha e pronto.

Por uns três dias, André, moído de pauladas, não podia nem se mexer, tomando salmoura, que lhe metiam pela boca semi-aberta. O calor da cozinha, porém, foi secando o colete. O couro deu de encolher-se, comprimindo as costelas do louco, espremendo-lhe os bofes. André berrava que era um gosto. Depois levantou-se, dando pulos, querendo subir pelas paredes.

— Agora que ocês vão vê a serventia da corda, gente.

— Bamo, pessoá.

E o baiano içou André pela corda. Lá ficou pendurado pelas costas, feito um polichinelo diabólico, esperneando no ar, bracejando inutilmente, gemendo da dor que a pressão das costelas lhe causava.

Esperneou até desfalecer. Aí o desceram para o chão, onde o largaram. Com aquelas lutas, entretanto, a pele, de tanto roçar nas bordas do colete de couro cru, foi-se ferindo. Toda a parte coberta pelo couro do colete, sem arejamento, virou uma postema só. As varejeiras que andavam esvoaçando pela carne-seca de riba dos varais da cozinha e por cima dos pacotes de toicinho preferiram botar seus ovos no corpo do demente. Ninguém cuidava dele. O baiano agora descobriu que havia em seu corpo um "isprito munto marvado demais". Era o "isprito" de Antônio Conselheiro, de Canudos.

O dia inteiro havia resmungo de rezas na casa dos irmãos de André, terços pelas vizinhanças. O baiano rezava assim para espantar o "isprito" maléfico e não permitir que ele, ao sair, entrasse noutra pessoa.

Faziam-se procissões, de noite, de cruzeiro em cruzeiro, cantando. As mulheres deviam levar na cabeça uma laje. Quando alguém bocejava, era obrigatório fazer uma cruz na boca, cercar a boca com uma cruz, porque era no bocejo que o "xujo" entrava na alma.

Por isso, ninguém lavava as feridas de André Louco. As varejeiras cada dia mais numerosas. De manhã cedo, nas noites quentes de setembro, o corpo de André amanhecia como se lhe houvessem atirado punhados e punhados de farinha de mandioca – eram ovos de mosca.

Assim é que, quando certa vez os irmãos acordaram, foi com o corpo do demente fervendo de coró, feito um pacote de toucinho zangado. Aliás, foi a catinga desesperada da bicheira que chamou a atenção de uma das mulheres que vivia pitando agachada na beira da fornalha. Urgia um remédio. O baiano, mais uma vez, salvou a situação:

– Isso, na Bahia, é coisa simpre. É só benzê. Mais o coipo do infeliz tá intupido de demonho e num aceita reza. O mió mermo é ribá criolim.

De tarde, depois de André ter feito muita ginástica na ponta do laço e por fim pender desfalecido feito uma penca de bananas podres, o baiano arriou aquele bagaço de corpo, repartiu entre o pessoal – umas quinze pessoas, – uns cuitezinhos contendo cada um um bocado de creolina marca Pearson, e explicou:

– Quando a gente falá – três – ocês despejam, viu?

— Viu.
— Cada um despeja num lugá, pra espaiá pola bichera intirinha.
— Um, dois e... três.
Ficaram todos com os cuitezinhos vazios nas mãos, esperando a reação, que não veio logo. O organismo enfraquecido até à dor terrível de um banho de creolina pura não reagia senão lentamente.
De repente, foi aquele urro estrondoso. A caveira de André Louco se contraía em caretas de impressionar. Seus olhos despejavam chispas numa raiva que aterrorizava. Todos fugiram e o baiano içou de novo o corpo do homem, que ficou gesticulando no ar, aos gritos, pingando pus, creolina, corós e podriqueira.
Nessa tarde o terço ia celebrar-se no Barreiro dos Buritis e para lá se foram todos, abandonando André Louco aos berros, gesticulando, dançando uma dança do outro mundo, em contorções dos diabos, espirrando varejeiras.

Pelas três horas da madrugada, mais ou menos, quando voltaram, André Louco pendia da ponta do laço, murcho, a cabeça caída para a frente, os braços pendidos. Parecia uma grande catléia sinistra que houvesse fanado numa jarra.
À claridade vermelha e vacilante da fornalha, sua sombra disforme projetava-se na parede enfumaçada e no teto enegrecido, mais impressionante, mais exótica, mais desproporcional.

– A bichera tá tudo morta, – exclamou o baiano.

E com elas André. Santo André Louco, mártir, orai por ele.

"Ave Maria cheia de graça, o senhor é convosco, bendita sois."

O baiano começou a tirar o terço, o pessoal ajoelhado na cozinha, debaixo do corpo do Louco.

O baiano tinha posto uma medalhinha de São Miguel na boca. Tinha certeza e convicção de que, quando o corpo pegasse a esfriar, aí é que os capetas e os coisas-ruins começariam a fugir do corpo do filho de Deus.

– Cruz na boca, gente.

"Ave Maria, cheia de graça, bendita sois."

No nosso quarto, de noite, Joana costurava, augurando desgraças. A sombra dela escorria pelo soalho, dobrava-se na parede, tornava a dobrar-se no teto, onde havia estalidos estranhos.

Joana parou a costura, – paralisou o movimento da agulha que puxava a linha no ponto de espinho. Ficou patética, os olhos esbugalhados, olhando para dentro de si mesma, escutando o silêncio. Uns tiros reboaram muito longe, quase imperceptivelmente. Eram estampidos de carabina.

André Louco evém vindo, – murmurou Joana sinistramente.

A MULHER QUE COMEU O AMANTE

Era nas margens de um afluente do Santa Teresa, esse rio brumoso de lendas que desce de montanhas azuis, numa inocente ignorância geográfica. Januário fez um ranchinho aí.

Viera de Xiquexique, na Bahia. Era velho, enxuto de carnes e de olhar vivo de animal do mato.

Ele deixou a velha, sua mulher, em Xiquexique e fugiu com uma mocinha quase menina. Ergueu o rancho de palha naquele lugar brutalizado pela paisagem amarga e áspera. No fundo do rancho, ficava uma mataria fechada. Pra lá do mato, espiando pro riba dele, as serras sempre escuras. Naquele caixa-pregos acumulavam-se as nuvens que o vento arrecadava em seu percurso pelo vale e que iam coroar de branco os altos picos.

Quando ventava forte mesmo, a serra pegava a roncar, a urrar soturnamente feito sucuris, feito feras.

Januário todo ano derribava um taco daquele mato diabolicamente ameaçador e fazia sua rocinha. No mais, era só armar mundéu para pegar quantos caititus, quantas pacas, quantos bichos quisesse.

Na frente da casa (isto é, na parte que convencionalmente chamavam frente, pois o ermo corria pra qualquer banda), bastava descer uma rampa e jogar o anzol n'água para ter peixe até dizer chega.

Havia um remanso escuramente frio, onde as águas viscosas se estuporavam em lerdo torvelim, ajuntando folhas, garranchos. Aí, se a gente metia um trapo vermelho, retirava-o cheio de piranhas. É que esses peixes, fanáticos por carne, por sangue, cuidavam ser logo algum trem de comer e ferravam os dentes navalhantes na baeta.

Uma vez, Januário ainda tinha a lazarina, pregou um tiro num veado. O cujo caiu n'água, mas não chegou nem a afundar-se. O poço brilhou no brilho pegajoso de mil escamas e tingiu-se de rubro. Depois, quando a água se limpou mais, a ossada do veado ficou alvejando higienicamente limpa no fundo do rio.

O baiano é andejo de natureza. Pois aí mesmo, nesse calcanhar-de-judas, nesse lugar que apresentava uma beleza heroicamente inconsciente de suicídio – aí mesmo, apareceu um conterrâneo de Januário. De Xiquexique, também.

Disse que estava "destraviado", e podia ser mesmo, porque por aqueles ocos só havia trilhos indecisos de antas e de gado brabeza.

O extraviado chamava-se José. Izé da Catirina. (Catirina era a mãe dele.) Tinha parentesco com Camélia, a caseira de Januário.

De noitinha, eles reuniram-se em torno do fogo. O primo contou novas da terra: que os filhos de Januário estavam demorando em Canavieiras; que o padre Carlos, aquele alemão que andava de bicicleta, tinha brigado com o juiz; que o povo agora não achava outro para ir pra lá, etc. Falou em casamentos, namoros, noivados, etc. etc. Januário cochilava confiadamente, como um cachorro bem alimentado, rabujento e velho.

Camélia, que já tinha sido namorada de Izé, olhava-o agora com uma doçura de anjo.

O vento bravio resmungava lá nas grutas perdidas da serra imensa. E havia estalidos fantásticos de onça nas brenhas traiçoeiras daquela mataria virgem.

Camélia vestia uns farrapos de chita sobre o corpo jovem e elástico. Não gostava de vestir algodão e já ia para quase dois anos que Januário não voltava ao povoado para comprar coisa alguma.

Ela confessou ao primo que se arrependera demais da fuga:

— Ele tá véiu, intojado... — e deixou no ar uma reticência que saiu cheirando a amor e a ruindade de sua boca desejosa. Ela queria dizer que estava com saudade de vestir vestido bonito, calçar chinelos, untar cabelo com brilhantina cheirosa. Queria beber café e comer sal.

Aliás, no sertão, nos ermos brasileiríssimos, onde o saci ainda brinca de noite nas encruzilhadas, há muita gente que não come sal. Januário, por exemplo.

Mas os trapos mal tapavam as carnes da moça que ardiam lascivas através dos buracos dos tecidos, como uma brasa divina de pecado. As pernas fortes, tostadas, mal encobertas, aumentavam o desejo do Izé, que era uma navalha na valsa.

Até para isso as mulheres sabem ajeitar os panos!

O velho também já não dava conta do recado. Só faltava pedir ao novato que tomasse conta daquela diaba vampiresca. O rapaz, porém, achou que o amor teria um sabor mais ácido se fosse firmado sobre o túmulo do velho.

Era questão de ponto de vista. Podia matar sumariamente que ninguém saberia jamais. Mas ele já se viciara com a justiça. Precisava achar uma desculpa, um pé qualquer para justificar seu crime e começou a nutrir um ódio feroz pelo velho.

Foi Camélia que propôs um dia: – Bamo matá o cujo?

De tarde, o velho estava agachado, santamente despreocupado, cochilando na porta do rancho, quando o primo deu um pulo em cima dele e, numa mão de aloite desigual, sojigou o bruto, amarrou-lhe as mãos e peou-o. O velho abriu os olhos inocente e perguntou que brinquedo de cavalo que era aquele.

– Que nenhum brinquedo, que nada, seu cachorro! Ocê qué me matá, mais im antes de ocê me jantá eu te armoço, porqueira. Vou te tacá ocê pras piranhas comê, viu!

Januário pediu explicação: – Apois se é pra mode a muié ocê num carece de xujá sua arma. Eu seio que ocês tão viveno junto e num incomodo ocês, mas deixa a gente morrê quando Deus fô servido. – Depois fez uma careta medonha e seus olhos murchos, cansados, encheram-se de lágrimas, que corriam pela barba branca e entravam na boca contraída.

O moço, porém, falava com uma raiva convicta, firme, para convencer a si mesmo da necessidade do ato:

– Coisa rúim, cachorro, farso.

A covardia, a fraqueza do velho davam-lhe força, aumentavam a sua barbaridade. E foi daí que ele carregou Januário e o atirou ao poço, entre os garranchos e as folhas podres.

Uma lágrima ainda saltou e caiu na boca de Camélia que estava carrancuda e quieta atrás do primo. Ela teve nojo, quis cuspir fora, mas estava com tanta saudade de comer sal que resolveu engolir.

O corpo de Januário deu uns corcovos elegantes, uns arrancos ágeis; depois uns passos engraçados de cururu ou de recortado e se confundiu com o sangue, com os tacos de porcaria.

Já de tardinha, Camélia teve a feliz lembrança de preparar uma janta para festejar o grande dia. Foi aos mundéus, vazios. Parece até que era capricho. Então pegou no trapo de baeta e foi ao rio. Ia pescar piranhas no "cardeirão", como chamava ao remanso.

Chegando lá, mostrou pro primo: – Vigia só, Izé. – É que no fundo do rio, entre os garranchos, estava o esqueleto limpinho, alvo, do Januário. Tão branco que parecia uma chama. As mãos amarradas ainda pareciam pedir perdão a alguém, a Deus talvez.

A caveira ria cinicamente, mostrando os dentes sujos de sarro, falhados pela velhice, com um chumaço de barba na ponta do queixo, formando um severíssimo cavanhaque de ministro do segundo império.

De vez em quando a água bolia e o esqueleto mexia-se mornamente, como se estivesse negaceando os criminosos. A caveira ria na brancura imbecil dos dentes sarrentos.

Camélia era prática. Atirou a baeta n'água, pegou logo uma dúzia de piranhas fresquinhas.

Quando estavam comendo os peixes assados no borralho, ela, alegre, ponderou que nunca havera comido piranha tão gostosa:

– A mó que tão inté sargada, Izé!

O primo sentiu aquele calafrio e riu amarelo, só com o beiço de cima. Ficou banzando: – E se daí a alguns dias a prima resolvesse comer piranha salgada novamente, quem será que ia pro poço?

Perto, no pindaibal do brejo, os pássaros-pretos estavam naquela alegria bonita, cantando.

A CRUELDADE BENÉFICA DE TAMBIÚ

Amaro Leite, fundada pelo bandeirante que lhe deu o nome, era uma povoação cadavérica do então anêmico sertão goiano.

Da cidade de outrora, só restava uma meia dúzia de casas velhas, sujas, arruinadas, tocaiando o tempo, na dobra da serra imensa. E na embriaguez do silêncio purulento de ruínas, relembrava glórias mortas, tropel de bandeiras, lufa-lufa dos escravos minerando nos arredores auríferos.

A tristeza irônica das grandes taperas mostrava o rico fastígio burguês, gordo e fácil daqueles tempos de Brasil curumim.

Isto era Amaro Leite em 1927. Hoje, deram-lhe umas injeções de óleo canforado de progresso. Abriram uma estrada de automóvel que se afunda pelo norte até o médio Tocantins e a velha cidade refloresce com uma pujança agradecida.

Pois bem, aí, em 1927, morava um tipo preguiçoso – o Nequinho – que vivia da difícil profissão de não fazer nada.

De noite, na vendola porca de um cearense bexigoso, tocavam sanfona, viola e, à luz cretina de uma candeia de barro, de três bicos, umas mulheres muito surras dançavam com camaradas fedorentos a suor, enquanto outros jogavam 31 no balcão sebento, úmido do contínuo roçar das mãos.

Nequinho sempre estava presente, quieto, olhando a farra, numa calma franciscana.

De vez em quando filava um golinho de pinga e pronto – recaía na pasmaceira.

Ele era magro, de cara chupada, de um moreno encardido de papel chamuscado. E bem vesgo.

Nisto, chegou para Amaro Leite um soldado bagunceiro.

Com sua farda, seus botões, perneiras, etc., fazia um belo efeito dom-juanesco. E com sua garrucha, faca, chanfalho, alfinete, etc., um grande efeito bélico.

Brigou logo com muita gente, espancou mulheres, fez o cearense fornecer-lhe gratuitamente duas garrafas de pinga por dia. Tambiú, como se chamava o dito-cujo, tornou-se conhecidíssimo pela sua malinagem.

Certa noite, na venda quase deserta (só havia Nequinho que olhava o cearense extirpar um bicho-de-pé do dedão), Tambiú entrou. Nequinho, que já havia bebido, olhava atentamente a perigosa intervenção cirúrgica, mas o olho torto dele não despregava do soldado.

Tambiú já estava encabulado. Mudou-se de lugar, mexeu-se, tomou uma talagada braba de pinga e o diabo do olho morto, torto, sumindo no canto da órbita, firme nele.

Devia ser assim o olho invisível do Eterno, esse olho terrível a que ninguém escapa. Foi então que, chumbado, Tambiú gritou com o Nequinho que lhe tirasse de riba aquele "zóio de poico":

– Oxém! a mó que nunca viu sordado!

Foi pior. O miserável, amedrontado, procurou desviar mais ainda a vista, mas o olho torto não largou o famigerado mantenedor da desordem pública. Aí o soldado furioso sacou da garrucha e deu um tiro bem no olho do pobre, que caiu no chão ensangüentado, berrando, com a mão na cara.

O soldado cruel ainda abriu a garrucha, tirou o cartucho deflagrado e saiu facinorosamente despreocupado. O cearense fugiu e só mais tarde é que voltou à venda, pelos fundos, olhando atrás das portas, para resguardar a preciosa pele. Acendeu a candeia que tombara do gancho. Nequinho tinha caído perto do balcão, no meio da cusparada.

Estava sem sentidos, lambuzado de sangue, com o olho dependurado e cheirando levemente a heroísmo passivo de mártir.

A bala botucara na maçã do rosto.

Depois chegaram outras pessoas, cautelosas, trataram mais ou menos do ferido, e do fato só ficou um murmúrio temeroso, envolto na cobardia azul da noite, cheia de cintilações de estrelas.

No dia seguinte, fizeram uma coleta, cujo produto foi entregue ao ferido, a fim de que se fosse tratar em Anápolis.

Entretanto, o chefe político local possuía o monopólio exclusivo desses atos de violência e ficou furioso com a concorrência do soldado. Mandou imediatamente duas cabras atrás dele. Mas "sordado véiu num se aperta" – Tambiú era um que já estava muito "seu bão dele" noutro lugar.

Tambiú era cangaceiro do sertão da Paraíba. Cansado, porém, de matar e roubar ali, afundou-se nos rumos de Goiás, pelo luxo exclusivo de mudar de ares.

Viajava de a pé, com mais dez companheiros, armados até a alma, comendo paçoca de carne-seca com rapadura.

Para dormir, forrava o chão com um courinho de bode que trazia, às costas, cobrindo a mochila da tralha. Desse jeito ele foi esbarrar em Baliza, – garimpo diamantífero do alto Araguaia.

Ali, andou aliviando os bolsos de capangueiros do excesso de diamantes e abriu o pé no mundo, indo esbarrar na velha capital mística, onde assentou praça na gloriosa força pública do estado de Goiás e seguiu para Amaro Leite, como fiscal de eleições, ou coisa semelhante. Lá, aprontou aquela sujeira com o pobre do Nequinho.

Desse lugar, ameaçado de morte, porque o chefe não brincava mesmo, abriu do pala, indo sair num porto do Tocantins.

Queria atravessar o rio, mas queria ligeiro. E intimou o barqueiro, em nome da lei (sempre que falava em lei manobrava o fuzilão) – que parasse a travessia da boiada e o transportasse.

O barqueiro contava também com a condecoração de umas três orelhas arrancadas a outras tantas vítimas e tesou com ele: – Óia, nego duma figa, num garra com empertenença não, que eu num gosto de rolo! – Tambiú envergava o ferocíssimo uniforme e levava o fuzilão "véiu de guerra – bicho bão pra falá verdade".

– Num trevesso ninguém im antes da boiada, – sentenciou o barqueiro. – Se ocê quisé, mete o braço, uai! Sabe nadá, num sabe?

Tambiú ficou quieto, encostou o fuzil e começou a picar um taco de fumo. Nesse ínterim, o barqueiro levou mais alguns bois para o outro lado. Quando já vinha de volta, no meio do rio, o soldado pegou a arma com uma volúpia religiosa e fez fogo.

No primeiro tiro, o barqueiro tombou n'água. A canoa ficou balançando à toa no meio da corrente, querendo descer. Tambiú, ágil, tirou a roupa, deixou no corpo nu somente o correão com a faca e pulou n'água pra pegar a canoa.

Mal, porém, se afastou da margem, deu um berro tremendo. Rolos de sangue e tripas se desenovelaram na correnteza.

Ele ainda deu uns coices, uns gritos, uns socos para agarrar a vida e foi-se, pouco a pouco, afundando até sumir-se. Ficou somente a mancha de sangue se desvanecendo no torvelinho.

Neste momento o barqueiro apareceu perto da canoa. Tinha talhadas de sangue coalhado presas à carapinha, e lambia sádico a água ensangüentada que lhe corria faces abaixo. Na mão esquerda – era canhoto, o malvado – estava uma baita lapiana de dois palmos.

O fato fora simples.

Tambiú atirou ao barqueiro. Ele, que tinha o corpo fechado, logo que sentiu a bala passar tinindo nos seus ouvidos, deixou-se tombar no rio e continuou mergulhando para a margem. Entretanto ele sabia que Tambiú queria a barca, e, do fundo d'água, pôde discernir um vulto nadando na superfície, e que procurava a canoa. Não duvidou. Chegou-se por baixo e cravou muitas facadas no ventre e no peito do vulto. Matou assim Tambiú, facínora em pleno exercício de suas funções, e em ótimo estado de saúde.

O barqueiro arrastou a canoa e, enquanto procurava ajuntar a boiada, clamava muito sentido: – Eta disgrama! Eu num podia se moiá. Tô numa catarreira escomungada!

E, transportando a última lotação, conversava com os peões: – Tadinho dos peixe! Eles faz um lote de dia que num come nem mosquito...

Agora, dez anos depois, fui à Romaria do Muquém, – essa romaria esquecida no sonho maluco do sertão goiano. O maior sucesso da festa era um mágico que arrancava um olho, mostrava-o na mão a várias pessoas e depois o recolocava.

Cobrava 10$000 por entrada.

Quando cheguei à palhoça que ostentava como requinte de luxo um enorme anúncio colorido, ela estava repleta. Repletíssima. Assim por alto, contei umas cem pessoas.

Anunciavam o espetáculo por meio de um funil velho de botar gasolina em chevrolé, tipo ramona, promovido a porta-voz.

O calor assava. Ao terceiro toque de uma enxada, apareceu um homem gordo, branco enfumaçado, de fraque, cartola, monóculo. Fez uma escandalosa mesura e falou num tom choramingas de padre espanhol. "Meus amado irimão, esse número é inteirado de difiço. Eu faço ele no pirigo de ficá cego. Mas é perciso adivirti essa nação de povo que viero rezá pra Nossa Senhora d'Abadia do Muquém e fé nela que num hai de tê nada e meu zóio num zanga."

O mágico, como se intitulava o besta, tirou o fraque, a cartola, as luvas e foi então que me lembrou – era o NEQUINHO. Sim, senhor! O Nequinho em carne e osso.

De volta, vim com o Nequinho para Corumbá, no chevrolé de sua propriedade. Ele tinha pra mais de 30 contos – me contava, enquanto o auto chispava na chapada que o poente tingia de violeta.

Quando lhe referi a morte de Tambiú, quase chorou: – Ora, tão boa pessoa! Vô inté mandá prendê o barqueiro e mandá levantá uma catatumba pro Santo Tambiú. Ora, que pena! – continuava – É tal e qual: gente boa num é de vivê no mato.

O auto resfolegava.

O poente era de ouro agora.

PAPAI NOEL LADRÃO

Dona Amélia deu banho às crianças com sabão do reino, vestiu-lhes roupa nova e mandou-as para o jardim da frente do bangalô esperar o jantar. Cheirosas, bonitas.

Do fundo da casa veio vindo o filho da cozinheira roendo um taco de mandioca. Sujo, sem graça, ressabiado. Como fosse véspera de natal, os ricos falavam em papai noel, sapatos na janela, presentes, etc. O pretinho foi perguntar à mãe sobre isso, mas ela também não sabia:

– Larga de inzona, porqueira. Arreda do caminho.

Anoiteceu festivamente. A cidade iluminada estava cheia de música, de gente passeando, de vitrinas enfeitadas, de sinos badalando.

A cozinheira atravessou ligeiro a rua porque temia encontrar bêbados e lá se foi arrastando o menino.

No outro dia cedo o estudante que morava vizinho da cozinheira foi despertado pelo choro do pretinho. Com a boca amarga, cansado, atirou um nome feio à criança. Seu companheiro de quarto, que estava penteando os cabelos para ir à missa, disse:

– Coitadinho do menino! Ele até é um pretinho bem inteligente...

O da boca amarga falou bocejando: – Pobre inteligente, ora essa! Só menino rico pode ser ladino, porque canta sambas da moda, imita Shirley, anda limpo, cheiroso. A gente pode pô-los ao colo sem medo de sujar a roupa.

O rapaz que se aprontava para a missa dava os últimos retoques na gravata sebenta, ouvindo.

– Menino rico é gordo, de barriga cheia, – disse o da boca amarga, continuando. – Agora o pobre vem com as mãos sujas, fala mal, tímido, fedorento. Pede cobre. Tem fome. Depois, se a gente força os sentimentos e parece gostar dele, lá vem a mãe pedindo dinheiro para comprar um remédio, uma roupa, o diabo. – Qual, pobre não tem jeito mesmo não, – deu um arroto azedo e virou-se para o canto.

Nisto a gritaria do negrinho aumentou. Aquele choro na alegria feliz da manhã era de uma tristeza dolorida e revoltante. A gente ouvia perfeitamente o batido do chinelo no corpo da criança – pá, pá.

É que de noite o menino havia pegado o sapato da mãe (ele mesmo não tinha calçado) e posto o bichão na porta do rancho, a fim de receber os presentes de que falaram os meninos ricos. Era o único sapato da cozinheira, – sujo, velho, roto, cheio de chulé.

Um cachorro romântico passou pela porta e foi comer esse quitute lá não sei onde. Quando o negrinho acordou, foi alegre apanhar os presentes, mas olhou triste e sem graça.

Por essa hora a mãe dele já revirava o rancho atrás do sapato: – Cadê meu sapato, menino?

– Sei não, mãe.

– Ocê pinchô meu sapato no mato, porqueira.

Então ele resolveu contar o caso à mãe e mais: que o sapato havia sumido. Agora era aquela sova de manhã, em jejum.

O estudante tornou a dar um arroto: – Qual, pobre não tem jeito mesmo não.

UM ASSASSINATO POR TABELA

No escuro da cozinha mal alumiada pelas labaredas do fogão que as trevas esmurravam, tio Benício contava:

– Não. Eu num matei ele só pruquê o dia de hoje é santo toda vida. Hoje (era Sexta-Feira Santa) a gente num pode matá nem um mundice. Tomém pruquê eu inté gosto dele. Ele me agridiu mas foi de besteira.

Houve um silêncio adulador. O fogo punha tinta macabra nos rostos magros dos homens.

Num canto escuro, a mulher de seu Benício chorava.

– Mais ocê num matou o Ramiro? Apois intãoce ele vorta – interpelou um compadre agachado na sombra.

– Cobra a gente num é de perdoá, home de Deus.

Fulô chorava num canto. Seus olhos claros tinham um reflexo mau e metalicamente duro.

Benício morava na beira do Maranhão, numa fazenda cujas terras eram devolutas. Ali criava seus 3.000 e poucos curraleiros. Vez por outra, vendia duzentos, trezentos e ia passando com a ajuda de Deus. Botara também uma vendinha, que a casa ficava mesmo na beira da estrada que segue por esse mundão de norte de Goiás.

Com isso ganhou fama de rico e os respectivos títulos honoríficos que a seguem – coronel, honrado, "bão", etc. Entretanto, apesar das mil roubalheiras e dos crimes que perpetrava, andava fanatizado de honra.

Os companheiros saíram. Benício acompanhou-os até a porta do rancho, como é costume de gente.

A noite ia calma, quente, com uma poeira leitosa de estrelas no azul distante do céu.

Vênus pendia do horizonte muito fria, indiferente, como uma pupila embaciada de morto. Benício voltou pra dentro do rancho, depois que viu que os vultos dos visitantes tinham sido mastigados pela treva da noite riscada de cagafogo, e falou para a mulher:

– Largue desse pranto de choro, minha nega! Bamo drumi que seu marido num morre assim fáci não. Adonde já viu gente morrê de vespra! Ele falava com uma serenidade nazarena, sem ódio, sem bulir sequer um músculo do rosto seco e impassível.

Parecia que seu espírito gozava de um grande e doce repouso.

Os cabelos de Fulô desprendiam um cheiro catingudo de tutano curtido que arrebatava seu Benício. Quando eles já se haviam deitado, Fulô perguntou: – Ocê carregô a garrucha?

– Tá carregada cumo quê.

– Óia lá! Tá memo?

– Tá, uai! pode oiá. – Ela pegou a 420 fogo central e foi até a cozinha, certificou-se à luz da fornalha. Voltou:

– Hum! cus dois cartucho! – E dormiram nesse sono bom que se dorme depois de haver a gente passado por um perigo dos brabos.

Fora, o chulinho latia a escuridão.

Benício, fazia uns cinco anos, casou com Fulô, que era uma baiana quente e esperta. Nunca tiveram filhos e cada ano a mulher ficava mais ancuda, mais preguiçosa, mais bonita.

Tinha uns olhos claros e limpos, de madrugada. Há coisa de dois anos ela conheceu um cantor de desafio e ficou naquele chamego com ele. Seu Benício também ficou muito íntimo do cantor, pois ele gavava muito a honradez de seu Benício, a sua riqueza. O velho chegava até a fechar os olhos de gozo:

– Quá o quê, moço, a gente na vida num fais nada. Eu sô honrado e bão é pruquê Deus qué.
– E só com isso, deixava que Fulô, sempre fumegante, sempre escaldante, andasse com o catireiro por secas e mecas.

O fazendeiro, assim que casou, achava que não gostava da mulher, mas agora, depois que o povo começou a murmurar que Fulô o estava corneando, sentia por ela um amor dilacerante – essa volúpia que é a incerteza da reciprocidade do afeto. Notou mesmo que quanto mais preguiçosa, mais infiel, mais ancuda ficava Fulô, mais deliciosa ia-se fazendo. Tinha o gozo de imaginar que estava pra ficar sem aqueles carinhos, sem aquelas traições que são a única delícia da vida conjugal.

Entretanto, por conveniência, tio Benício não dera ouvidos aos boatos, com receio de constatar a parte de verdade que havia neles. Era mais prático enganar-se.

Foi assim que, naquela Sexta-Feira Santa, estava o probo sertanejo tirando uma soneca no quarto, quando viu Ramiro entrar sorrateiramente. Benício fez que dormia, mas ficou vigiando o bruto com o rabo dos olhos.

Ramiro examinou bem o dorminhoco e de repente, tirando a pernambucana da cinta, ia pular no Benício. Benício era goiano esperto. Negou o corpo assim de banda e num átimo já se levantou com a garrucha (ele guardava a arma sempre debaixo do travesseiro, com os cobres), levantou-se com a arma já escanchada nos peitos do cantor.

Ramiro largou a faca, contou um porém, mas Benício tocou-o sumariamente pra fora de casa. Era isso que ele contava numa piedade nazarena aos compadres:

– Podia naquele momento matá o home, mas pra quê? Deus num gostava de sangue – raciocinava numa bondade cinicamente cruel, como se contasse um fato passado há punhados de anos.

Benício, acordou com um barulho na porta do rancho. Ainda não era meia-noite, porque sacis-pererês cantavam.

No escuro, ele riu, mas logo voltou-lhe ao rosto a imobilidade tristonha e resignada de santo. O silêncio ampliava o menor barulho e assim pôde ele perfeitamente ouvir uma voz cochichando:

– Ele tá drumino. Num carece tê medo.

– Mas tá cu a garrucha? – era a voz rachada do cantor. (Benício na cama apalpou a arma.)

– Tá. Mais eu ranquei os estanhos. É só espoleta. Taca a foice nele logo, sô.

Benício esfriou. Era Fulô que mandava Ramiro matá-lo, e antecipadamente sentiu saudade da mulher, que nessa hora lhe pareceu mais deliciosa.

Benício levantou-se nas pontas dos pés, foi à cozinha, pegou uma mão de pilão suja ainda de paçoca de amendoim pilada na véspera e se escondeu atrás da porta.

A mulher lá fora fazia a última ponderação:

— Taca a foice sem dó, viu? Eu tô cá fora te esperando ocê perto do cavalo.

O vulto grandão do cantor inclinou-se perto da cama, mas Benício, feito um gato, num pulo ágil, meteu-lhe a mão de pilão no alto do piolho.

O rapaz caiu com a cara no jirau e ali mesmo no escuro, tateando, Benício apanhou um laço forte de pegar brabeza pra capar e com ele amarrou o cujo bem amarrado na posição protocolar daquela operação. Fulô já estava montada e, vendo aproximar-se o vulto do marido, que supôs fosse do amante, mandou-o que montasse na garupa, e os dois galoparam calados pela estrada areenta, até que ela falou:

— Matou dereito? — Mas não obteve nenhuma resposta. A noite ia calma, enorme, muda. Só os cascos chiavam na areia.

— Tá, Ramiro, leva os cobre, — disse a mulher não suportando mais o mutismo.

Aí Benício parou o animal, apeou-se, deu um forte abraço na mulher e abriu a cara num riso.

Os olhos claros de Fulô tiveram um lampejo de lago perdido na mata, sob a luz vaga de uma estrela.

— Bamo vortá, Fulô, o coisa-rúim tá amarrado lá no quarto.

Ramiro estava no quartinho, com a cabeça aberta, mostrando a alvura dos miolos misturados com paçoca. Os galos, no friinho dorminhoco da manhã, amiudavam.

— Agora nóis bamo levá o coitadinho pro mato e ocê fica cuidano dele lá. Aqui o povo garra logo a batê língua... Eu pudia matá ele que nem um poico, mas num faço isso não. Xuja o chão tudo de porqueira e Deus castiga... — o rosto impassível do corno estava manso, nessa mansidão tristonha de bem-aventurado.

No meio do mato, umas duas léguas da casa, vinha rompendo o dia. O mato coava uma luz verdolenga, de paz grandiosa, de paz santificada, de igrejas velhas. A manhã tinha uma ingenuidade majestosa, uma alegria inocente e virgem, como se fosse a primeira manhã da inauguração desse velho mundão de Cristo.

Ramiro, amarrado num angico, olhava com olhos pasmados de vaca no matadouro os movimentos do fazendeiro.

— Eu cuidei que ocê ia fugi mais ele.

Ela balançou a cabeça negativamente.

— Ah! eu sabia disso. O povo falava e eu num queria aquerditá. Eu sei que ocê num gosta desse cachorro... ele anda se gavando de morá cum minha nega há munto tempo, mas agora ele vai pagá esse farso... — Benício ainda arrazoou assim: — Ocê tá vendo esse alimá que nóis muntemo nele? Num é cavalo não – é Nosso Sinhô. Foi ele que me contô tudinho. Num vê que o cantô arrumô duas foiçada na minha cabeça e foi mesmo que batê na pedra?

Fulô olhou para o animal e reconheceu muito bem o picarço do amante. A convicção de Benício, porém, era tal, que ela entrou a duvidar: quem sabe era mesmo! Só um milagre para fazer falhar o plano do amante, de há muito delineado!

Benício pensou um bocado e seu rosto se iluminou num lampejo, para depois ficar muito inexpressivo, apagado, bestializado:

– Eu vô puni procê, Fulô. Tá aqui essa faca; taca ela intirinha no sangradô desse bandido.

A mulher empalideceu. Os olhos dela se turvaram de repente.

– Deus botô esse canaia na nossa mão para nóis se vingá de tanta poca-vergonha.

A mulher estava pregada ao solo fofo da mata. Então o fazendeiro, alheio a tudo, tirou também uma navalha, encostou-a ao pescoço da adúltera e mandou de novo, com muito carinho e dó:

– Enterra a faca bem, pro coitado num sofrê munto, Fulô.

A cara de Ramiro, amarrado, fazia medo.

Houve um silêncio curto, viscoso, cheio de irresoluções palpitantes no ar frio e perfumado do mato virgem.

Os troncos enormes boiavam no lusco-fusco, como miragem de pesadelo.

A mão de Fulô enterrou a faca na garganta do amante. Um esguicho quente de sangue saltou na cara da mulher, como um ruge sinistro para sua palidez, ensopando-lhe o peito, as mãos.

Ramiro foi-se bambeando, nas cordas, branco, exangue, e Fulô começou a chorar em silêncio. Seus grandes olhos claros estavam claros feito a névoa da manhã. E as lágrimas traçavam sulcos na camada de sangue de suas faces.

– Coitadinho do Ramiro, Fulô – ponderou Benício. – Eu num tinha corage de sangrá um cristão desse jeito. Deus me livre.

Mas Fulô nem se mexia. Muito pálida, trêmula, tinha os olhos claros pregados lá longe, no vácuo, muito abertos, muito claros.

O MENINO QUE MORREU AFOGADO

Já tinha um horror de gente na beira do rio quando o delegado chegou. O corpo nu do menino estendia-se na areia. Arroxeado. Frio. Empanzinado.

O delegado sentenciou que estava morto. Embora todos já soubessem disso, o espanto foi geral. E houve um silêncio mau, sarcasticamente cheio de reflexões. Logo, porém, vieram comentários: "que o menino estava vadiando no rio cheio e deu um de-ponta. Que demorou a voltar à tona. Os outros meninos gritaram, berraram. Que o vendeiro veio correndo, mergulhou também. Chegaram mais pessoas. Depois de meia hora o corpo passava na passagem e um velho o tirou. Que isso, que aquilo, que era uma sucuri que tinha ali".

Agora o cadaverzinho estava estendido na praia. O delegado esbravejou contra essas mulheres que botam filhos no mundo e não lhes dão educação, não cuidam deles.

– Mas a mãe dele era a cozinheira da pensão e nem sabia de nada!

– Ah! é?!

Começaram a calçar no menino a calcinha suja e remendada.

Aqueles meninos da rua da beira do rio viviam dentro d'água o que dava o dia. O rio era a escola deles. Sua diversão, seu mundo enfim. As águas claras e mansas davam-lhes o carinho que o trabalho não deixava as mães lhes dar. Davam-lhes brinquedos que a falta de cobre negava.

Para os meninos ricos, havia papai noel. Para os da rua da beira do rio, enchente.

Eles ficavam imaginando uma cheia que cobrisse as casas da rua de baixo. Então só os telhados ficariam de fora. Poderiam dar de-pontas da torre da igreja, ir nadando de casa em casa, fazer barquinhos e sair remando por entre os telhados.

Naquela noite de fim de dezembro o rio roncou feito um danado. De manhã, a luz morta do dia punha reflexos idiotas nos redemoinhos traiçoeiros das águas barrentas. No meio, a correnteza se encrespava em saltos selvagens, em saracoteios lúbricos, numa volúpia diabólica de destruição.

O menino enfincou um pauzinho na areia da praia, marcando a orla das águas. Com pouco, sumiu tudo.

– Capaz do rio passar pro riba da ponte.

Depois foram nadar na vargem. Mas o rio estava enfezado, trombudo, cheio de instintos criminosos e arrebatou o menino.

– Quem morreu, descansou. Vamos cuidar dos vivos – disse o delegado. E o povo riu, porque a presença incômoda da morte rondava friamente a criança arroxeada.

O LOUCO DA SOMBRA

Aquilo era um vale do outro mundo. À proporção que fomos entrando nele, o sol pegou a escurecer-se e a fumaça a adensar-se. As árvores perderam as cores e a gente só via seus vultos pesados, hirtos, sob a luz avermelhada de um calor sufocante.

Lá embaixo, o rio estava seco, mostrando a ossada dos seixos alvacentos.

Um passarinho mudo, apagado, espalmou-se no ar parado, como uma pintura de jarra chinesa. Mais adiante uma sucupira abria sua copa roxa, que era antes um grito aflitivo, no ambiente sonambulesco. E a fumaça asfixiava a vista, matava-a ali perto da gente. Olhei para cima – um céu pardavasco de água suja, onde rolava um sol defunto de laranja podre.

Quando galguei o alto da serra, suspirei aliviado! A estrada corria numa planície estupidamente monótona, que se perdia de vista, numa mesmice deprimente de delírio.

Oh! região feia, essa das gerais areentas!

Com a tarde, avistei uma fazenda grande. A ave-maria arroxeava, ameigava-se em cariciosas cambiantes de doçura e bondade. A primeira estrela palpitante no alto, branca, sozinha, era um sino luminoso batendo a ângelus naquele deserto ímpio.

Um bom jantar estava na mesa de toalha branquinha de algodão. Seu Carlos, dono da fazenda, de grandes bigodões, tinha um ar vago, dignamente triste. Pouco falava. A noite entrava pé ante pé na varanda, como um ladrão terrível, e a casa caía vagarosamente numa escuridão completa. Estranhando que não se acendessem luzes, propus buscar uma vela das que trazia comigo, mas seu Carlos se opôs, dizendo que eu me ajeitasse assim mesmo porque no lugar havia muita muriçoca e que a luz atraía. E continuou patriarcalmente delicado, dentro de seu tristonho laconismo.

No momento de tomar o café, lobriguei um vulto troncudo que passeava pela casa como uma sombra da sombra noturna. De vez em quando dava uns grunhidos trágicos. Talvez fosse impressão, mas sentia vagando no ar a presença estranha de espíritos e maus presságios.

Agora, por exemplo, parecia-me ver dois olhos que boiavam perto do chão, quase apagados, destilando uma luz terna de fogo-fátuo. Fugiam, voltavam, apagavam-se.

No meu medo, cheguei a formar para eles um rosto branco e diáfano, com cabelos loiros e mãos puríssimas.

A voz, porém, do coronel quebrou-me as imagens e ao mesmo tempo levou-me à tona da realidade, com essas palavras: – Se o senhor quiser deitar-se, o quarto já está pronto.

Espichei-me na cama, abri os dedos dos pés doloridos da bota. Estava meio aturdido com a casa, com o vale, com os olhos, com os costumes.

E, depois, era nesse oco de mundo que fica lá pros confins da Bahia, perto da Serra dos Pilões.

– "Se houvesse ao menos com quem trocar idéias!", porque a palavra, como a luz, inspira confiança, vida, ampara o fraco raciocínio humano.

– "Não. Não podia mais..." Tomei o fósforo e acendi a vela estearina que trazia na mão havia tempo. Pinguei umas gotas na cabeceira da cama, prendi o coto e fiquei gozando desse bem com a volúpia dos que, condenados à morte, se vêem de um momento para outro postos em liberdade.

– "Bem-aventurados os que podem acender uma vela." Foi quando assomou à janela do quarto um vulto humano, alto. Tinha no rosto o cinismo paralisado das estátuas. Envolvia-lhe o rosto, sujando-o, a viçosa moita de capim de sua cabeleira e barba. Só os olhos viviam. Brilhavam na cintilação vítrea dos alucinados.

Pulou a janela, olhou para mim um momento e em seguida fitou a sombra dele mesmo na parede. Arregalou, então, muito os olhos.

Seu rosto foi-se adoçando, como se por dentro dele se acendesse uma luz angelical. Mas, de repente, deu um grito atroz.

Eu, que não gosto de graça com essas coisas, dei um tranco e o vulto, roncando, caiu de joelhos, gesticulando, querendo agarrar a sombra.

Seu Carlos, calmo, patriarcal, surgiu à porta, soprou a vela e levou nos braços o homem. Eu estava ainda sem poder pensar e, inconscientemente, movido pelo medo, fui atrás de seu Carlos. Ele, porém, mandou-me secamente que fosse dormir.

No outro dia, ao almoço, encontrei-o à mesa. Seu rosto tinha a mesma expressão de grandeza resignada e dolorida. As pupilas dançavam vagamente, sem fixar coisa alguma. Pediu-me que não fizesse cerimônias e me servisse à vontade.

Depois, de supetão, impulsionado talvez pela resolução instantânea de algum ato, que há muito o vinha trabalhando, disse: – Ora, pedi que não acendesse a luz ontem! Aquele rapaz é doente e é por isto que não gosto de hospedar ninguém. Causa má impressão.

Pedi desculpas, que não sabia, que isso, que aquilo.

Mas ele continuava distante, procurando entreter uma conversa que não rendia, que não prosseguia.

– O senhor segue hoje, não é?

Eu não ia seguir, queria descansar ali, único lugar onde se encontrava certo conforto, – mas não sei mesmo por quê, concordei que sim, que ia seguir.

Ele, então, foi à janela, ralhou com alguém que corria atrás dos patos no rego do monjolo e deu ordens para que me trouxessem o animal, o arreassem, tal.

Quando bati a porteira do curral, meu Roskopf velho marcava dez e meia.

Em dois pousos consecutivos, por mais que perguntasse o motivo da doença do rapaz, ninguém o dizia. Trancados, açamados por um respeito cheio de dó e de temor.

Afinal, cheguei ao terceiro pouso. Era um ranchinho sonolento, esquecido à beira de uma vargem onde cresciam buritis esguios e bonitos, de uma paz velha e morta de aquarela antiga.

O dono do rancho era preto. Mas um preto com feições de branco, cabelos lisos. (Topam-se muitos desse jeito por ali.) Um europeu oxidado.

A mulher dele era aça, de uma cor indefinível, cabelos alourados, mas encarapinhados – de uma feiúra irritante.

Pedi um jantar, mas o negro me confessou que nada tinham para comer, mesmo a mandioca se acabara:

– Nem café nóis num pissue. A garapa se acabou, – num acabou, fulana? – invocou o testemunho irretorquível da mulher.

De fato, não possuíam coisa alguma; ao redor do rancho era o bamburral. Nenhuma planta, nenhum animal doméstico afora o cachorrinho e uma galinha chocando.

– É a derradeira papuíra. O resto bicho comeu.

Bem, prevendo aquilo, trazia comigo uns dois quilos de carne-seca de curraleiro, dessa carne que somente Goiás produz; tomei-os e entreguei ao negro para assar. Trouxe mais uma garrafa de pinga, pois carne-seca não dispensa nunca esse aperitivo.

Eu mais o preto entramos nela até danar – eu sentado no pilão, perto da espetada de carne, e ele em minha frente, num banquinho de três pés. Lembrou-me, então, o caso do louco.

O negro estava um anjo – rindo, mostrando a canjica dos dentes alvos, muito satisfeito com a embriaguez. Ao tocar, entretanto, no caso, o rosto dele se fechou numa luta interna, cobrindo-se de uma sombra de concentração, de esforço para afastar o vapor do álcool e ajustar a razão. Depois alisou a carranca, seu semblante foi-se tornando humano e ele contou o "causo", como dizia.

Seu Carlos chegou para ali com aquele filho – Luís – e mais a mocinha, – Margarida. Seu Carlos falava que a moça era filha de uma parenta de Paracatu, donde eram todos, mas que ele a tinha na conta de filha. O negro aqui fez um parêntese, explicando "qui u povo garraro a falá que a minina tomém era fia de seu Carlos" e terminou – "Cum esse negoço de famia eu num bulo".

Vai que Luís se apaixona sem-vergonhamente pela moça e pede ao pai para casar com ela. Seu Carlos, homem duro, não consente e ambos concertaram de fugir.

Vieram dar mesmo ali no ranchinho do preto. A moça, talvez pela caminhada a pé, talvez por ter contraído alguma moléstia na jornada, chegou abatida, lívida, muito loura, feito uma nossa senhora de "zóio azu". E de noite, à luz de um rolo, a moça disse ao esposo: – A morte vem chegando. – Ela a pressentia no ar. Ouviu-lhe o passo apressado de quem precisa chegar sempre à hora exata. Andavam pelo ambiente mãos invisíveis apagando a chama do rolo e estrangulando a moça.

Ela encandeou os olhos de pupilas acinzentadas e perguntou a Luís por que não acendia de novo o rolo. Mas ele estava bem aceso, com a flama alongada saracoteando como um capetinha à viração cheirosa da noite.

O rapaz consolava-a: – Não, Maga, agora é que vamos gozar o nosso a... – e não pôde terminar. Desenhava-se na parede a sombra fugidia, esgarçada de um crânio completamente calvo que encimava um esqueleto.

A mulher estendeu-lhe os braços, como se quisesse alcançar uma coisa posta muito longe, como se fizesse um gesto de desejo irrealizável de penetrar o pórtico do grande templo, sem tempo e sem espaço, que vislumbrava.

– "Quando intrei", disse o preto, "inda vi cum esses zóio, seu moço, aquela fumaça infeliz apaga num apaga na parede. Eta trem feio!"

– "Vigia só cuma é qui eu tô!" – os cabelos dos braços estavam todos de pé.

– "Foi esse nego que fechô as parpras daquela fulô, porque seu Luís garrô a unhá as paredes, e inderde esse dia é aquela cunversa cum as sombra, aquele chamego, até dá aqueles acesso, coitado! Foi um castigo dos inferno."

CENAS DE ESQUINA DEPOIS DA CHUVA

Como houvesse chovido naquela tarde de domingo e as ruas estivessem cheias de lama, os rapazes pararam na esquina, que é o lugar mais anônimo para se ver a vida.

Nisto, o que estava de mãos nos bolsos da calça falou alguma coisa ao outro que fumava. O que fumava, numa discrição canalha, passou o rabo do olho numa mocinha que ia pela rua e deu uma gargalhada que escorreu no vazio molhado da rua, como uma grande enxurrada suja de maldade. Mas a mocinha não ouviu nada e lá se foi toda repimpada na feiúra cor-de-rosa de seu vestido lustroso, torto no corpo.

Embora o sapato novo lhe doesse muito, ela estava contente consigo mesma, num arroubo franciscano de amor a si própria. "Eu sou bonita. Eu sou trabalhadeira. Eu sou o encanto do mundo."

O rapaz atirou fora o cigarro e ainda deu uns gemidos, no orgasmo do riso. A moça continuou não ouvindo nada, pois pensava na dificuldade com que obtivera o vestido e o sapato. No calor do ferro de engomar. Achava, num egoísmo gostoso, que todos a estivessem observando e supondo que ela fosse uma menina rica. (Não sabia que o trabalho deixa um sinete sinistro no aspecto humano.)

Um foguete, entretanto, espetou-se no céu feito um punhal atirado numa porta. A novena começara. "Estaria na igreja aquele sargento de botões dourados que apertou seu braço no circo? Ele decerto ia ficar encantado com ela e desceriam juntos para casa, depois da novena. Ele podia até..."

O carro buzinou irritante e arrastou na lama as rodas brecadas, num rincho áspero de ferro raspando:

– Ô, lerdeza! Veja o que faz, pamonha!

O susto passou e a lanterna rubra do carro sumiu na rua como um olho zombeteiro.

"Quem seria o rapaz? Ele estava bem-vestido, bem penteado e havia também no auto caras azedas de mulheres elegantes."

Aí a moça olhou o vestido. Estava coberto de lama. Até no seu rosto tinha lama. Uma lama vermelha, suja, incômoda.

– "Ora, que pena! Ainda se o vestido não fosse novo..." E a moça foi voltando para casa com a tristeza deliciosa das ilusões atropeladas e mortas.

– Olha lá, sô – era o rapaz de mãos nos bolsos que a apontava com um gesto de queixo ao companheiro. Ele riu estrondosamente. A moça agora ouviu, porque xingou alguma coisa e ambos os rapazes riram com muita força, numa insistência vingativa e feroz, que encheu a rua toda.

A VIRGEM SANTÍSSIMA
DO QUARTO DE JOANA

Joana estava agachada num canto da sala de chão úmido, com o cadáver de uma criança nos braços. Ambos sujos de sangue. A criança roxa, escangotada, em cuja boca aberta a mulher metia a pelanca dos peitos murchos.

O doutor chegou com o delegado e a mulher nem deu por fé. O médico logo disse que era um caso liquidado, que ela estava louca e com uma febre tão alta que não poderia resistir por muito tempo: – era um caso de alienação mental dos tecidos aracnóides do encéfalo.

Por essa tirada cientificamente estúpida de que o delegado não entendia patavina, e muito menos o médico, – por isso mesmo, – a autoridade passou a ver no doutor uma competência de arrepiar.

– O senhor sabe quem é esta?

O doutor não sabia.

– Ora, a Joana, aquela que seu pai criou! O doutor virou-se curioso: – Uai, a Joana! Mas como é que se acabou desse jeito, gente! – E ficou olhando a mulher demoradamente, com um terror sádico no rosto gordo.

O delegado tinha um riso meloso, irônico, tirante levemente a piedoso. Um riso metafísico, assim mais ou menos de cachorro acariciado.

O doutor ainda fitava o corpo seco da mulher agarrada à criança, mas de repente ela começou vagarosamente, silenciosamente, a escorregar, num gesto traiçoeiro, deixando o cadáver da criança escapulir de seus braços. Parecia haver-se cansado daquela posição e querer deitar.

O doutor afastou-se cauteloso. Podia saltar um salpico de sangue no seu linho. E quase abstraído, falou para dentro de si: – Esta pequena era um colosso!

Foi quando o delegado entrou na conversa:

– Você é que soube aproveitar, seu sacana!

Agora a mulher estrebuchava molemente, como uma chama que se estivesse apagando num sepulcro.

E o doutor enxergou-a novinha, toda nua, trêmula, gemendo de luxúria, na sensualidade brutal de seus amores clandestinos.

O coronel Rufo criava Joana, uma menina da roça. Ela cozinhava, buscava água.

Dia de domingo, calçava chinelos feitos cá e ia à missa do Rosário, das quatro horas. Depois assava bolo de arroz.

A pequena, entretanto, começou a desenvolver as formas de mulher de uma maneira tão bela, que punha água na boca de todo mundo. O coronel mesmo gostava de lamber com os olhos as pernas da menina, as suas formas que esmurravam as vestes numa ânsia selvagem de espaço, de infinito.

O coronel, circunspecto, muito senhor de si, comia o bigodão branco e suas pupilas se cobriam de um palor vítreo de lascívia senil. Chegava a confessar nas rodinhas da Cambaúba: — Essa pequena tá ficano um taco.

Dona Fausta, mulher do coronel, proibiu Joana de ir ao chafariz da Carioca buscar água — a rapaziada estava se adiantando com a moça: — Filha alheia, comadre, brasa no seio. É o que digo sempre, é o que digo...

Entretanto, uma tarde seu Rufo chamou Joana à sala, e sério, mordendo a bigodeira ruça de sarro:

— Eu sei que você se perdeu e chamei você aqui para saber quem foi que te fez mal.

Joana baixou a cabeça, ficou bolindo com a gola do vestido, olhando pros pés, e respondeu que era mentira, que não tinha nada não.

Mas o coronel estava otimamente informado. Sua mulher, perita em gravidez, partos e outros misteres grandiosos, notara o abatimento da moça, a reforma de sua plástica, numa exuberante promessa de vida, e deu o esporro.

O coronel acendeu o toco de cigarro de palha e soprou um rolo grosso de fumaça na chama do fósforo:

– Óia, sá porqueira, não carece de esconder que eu já sei de tudo. Foi o coveiro que lhe fez mal e eu vou preparar o seu casório com ele.

Atirou a um canto o fósforo apagado.

Joana empalideceu: – Não sinhô, não foi o coveiro não. Deus me livre! Depois Dedé falô que vinha casá ca gente.

Bastou aquele nome para o velho ficar medonho: – Tá pono culpa no meu filho, cachorra! Essas cadela são desse jeito. Arranjam pança e vão pôr culpa em gente de casa. Cê besta! Meu filho vai casando com criadinha? Não se enxerga?

– Mas ele prometeu.

O coronel se lembrou de que era preciso dar força à calúnia, protestar contra a verdade com uma convicção mais inabalável do que contra a mentira. Levantou-se de um soco, enfarruscou o focinho, atirou o cigarro a um canto e chegou a mão na cara da menina:

– Prometeu nada. Você tem que casar mas é com o coveiro e fique quieta, ouviu, fique quieta. Se não te mostro. Pegue a falar nisso procê ver.

Estava exaltadíssimo quando entrou na sala sua mulher, para quem ele se dirigiu, em desespero:

– Esses santinhos de pé sujo... Eu sabia que essa menina ia dar trabalho... Faça idéia: tem coragem de falar que foi o Dedé. Faça idéia... – Virou as costas. Ele e a mulher tinham certeza de que fora o Dedé mesmo o autor daquilo, mas precisavam convencer-se do contrário, precisavam justificar-se perante si mesmos e sugestionar a menina, para não dar escândalo.

– Não. Não foi Dedé. (Mas que safado, teve bom gosto, esse meu filho! Me puxou, o safado.)

Joana começou a chorar, o narigão vermelho, a cara contraída e uma sensação ruim de insegurança, de desamparo. Dona Fausta também começou a dar uns chupões no nariz e entrou com outro jogo:

– Ô, Joana, que ingratidão! – A voz dela era mais triste do que via-sacra, do que perdão de dia de Sexta-Feira Santa. – Assim que paga o trabalho que já deu à gente, não é? Os tratos, as roupas, a comida... Deus me perdoa, não estou alegando. (Deu uma palmadinha em cada uma das bochechas pelanquentas, para humilhar-se.) – Depois, minha filha, é pecado levantar falso desse jeito no pobre do Dedé.

Deu outras chupadas no nariz, gemeu, com a cara mais triste e mais arrasada do mundo. O coronel resmungou uma coisa qualquer. Talvez estivesse dizendo que Fausta se tinha esquecido de alegar os dezesseis anos que Joana vinha trabalhando para casa sem ganhar um só vintém, vestindo resto de roupa, calçando chinelo velho dos meninos, lavando roupa, buscando água...

Dona Fausta continuou: – Já que você está com a alma suja desse pecado feio, procure ao menos não ofender tanto a Deus com ingratidão, com falso, com mentira. Além de perdida – deu um tapa em sua própria boca, temendo pagar língua, – Deus me perdoe a soberba! Além de perdida, mentirosa, ingrata!

– Saia daí. Vá pedir perdão pra Nossa Senhora! – arrematou valente o coronel.

Joana não conseguiu dormir, pensando no casamento com o coveiro. Agarrava-se, no entanto, loucamente à esperança de que Dedé haveria de voltar mesmo e desmancharia tudo, casando com ela.

– Ele havia até jurado...

Mas ela não sabia que o juramento é uma espécie de auto-sugestão. Só juram os que não têm convicção bastante para cumprir o prometido.

Perto de sua cama, na parede, estava uma virgem santíssima de folhinha, – muito bondosa, docemente risonha. A virgem testemunhara tudo com aquele mesmo semblante de misericórdia e de bondade. Até a noite em que a moça abriu a janela para conversar com o filho do coronel (que luar que fazia!) e ele pulou para dentro do quarto.

As mãos dele davam um arrepio estranho à sua carne forte. As palavras dele eram embaladoras.

Depois, foi aquela dormência gostosa por dentro de seus nervos alvoroçados, de sua curiosidade infantil e ingênua ante os grandes mistérios da vida.

Por várias noites ela entregou-lhe o corpo núbil, onde ânsias novas desabrochavam em lascívias de carícias doloridas, como a iniciação a algum ritual aterradoramente delicioso. E em sua carne, que ardia em mistérios de adolescência, surgiram frêmitos desconhecidos, no milagre diabólico da concepção.

Foi quando detrás da curva de sua memória a imagem do coveiro saltou da tocaia como uma onça-pintada. Aquela imagem áspera e brutal recordou-lhe sua chegada à cidade. Era pequenina. Por qualquer estrepolia diziam que iam chamar o coveiro para pegá-la.

– "O coveiro come menino no sumitério", – contava a preta que lavava roupa para a casa do coronel.

– "O coveiro bateu um dia na minha porta, essa menina. Tinha um picuá munto xujo na mão e pidiu preu assá uma carne prele. Quando eu abri o picuá, chiii! Tava uma corxa de anjinho lá dentro."

A lavadeira tinha uma volta de miçanga no pescoço, bem apertada, com uma figa pendurada.

No escuro do quarto, o silêncio vermelho palpitava viscoso, compacto. A figura do coveiro suja de sangue e maldade se desenhava comendo o filho de Joana, esse filho que lhe pulsava no ventre.

– Onde será que está a lavadeira?
– "Tã-tã-tã."
– "Quem é?"
– "Vim trazê uma carne procê assá pra gente."
– "Chiii! era uma corxa de anjinho..."

A lavadeira tinha uma figa no pescoço.

Seu coronel mandou chamar o coveiro. Era baixo, barba rala de capim surrado de porta de tapera e com um ar apalermado.

Seu coronel começou confidencialmente, muito íntimo:

– Óia, seu Bento, você anda ruim de finanças, eu sei, e mandei chamá você para te dá um auxílio. Vou dá uma casa, roupa, trem de cozinha – de um tudo, ouviu?

O bêbado gaguejou um agradecimento babosamente alcoólico. Já desconfiava de tanta bondade. Mas o velho continuou sério. Tinha uma maneira sisuda de conversar coisas importantes de política:

– Mas tem isso: você vai casar com aquela morena que eu crio. Ela não é moça mais, hein!

Neste momento olhou bem firme na cara do bêbado. Ela, porém, permaneceu cretina e inexpressiva:

– Home, eu aceito. Que que tem isso agora, né mesmo, coroné?

– Então está feito... É isso mesmo, não vale nada para você isso... O casamento vai ser por esses dias, viu?

Ainda conversaram um pouco. O coveiro aproveitou o momento e pediu vinte mil-réis para as primeiras despesas.

– Pois não, uai! até mais. Mas por enquanto vão somente cinco mil-réis, porque os tempos andam bicudos, seu Bento.

Bento agradeceu muito, pois já esperando o desconto foi que pediu tão por cima.

O coronel voltou do corredor, aonde fora acompanhar o Bento, sentou-se na rede da sala, acendeu um toco de cigarro, soprou a fumaça no fósforo, atirou o palito apagado num canto e ficou pensando:

– Muito bem pago. Ora: honra nacional. Indústria brasileira falsificada. Essa gente é pra essa gentinha mesmo. Pobre e negro têm honra o quê!

O coveiro saiu muito apreensivo:

– Será que eu bebo esse cincão hoje, ou guardo um tiquinho pra aminhã?

Seu Rufo foi muito bom e muito correto. Deu tudo que prometera ao Bento e ainda Joana casou de véu, grinalda, e com um sapato majestosamente grande. A pança, nem tanto.

Bento nem via a mulher. Vivia lá pelo cemitério, pelas vendas bebendo, pois o ofício andava agora lucrativo: um andaço violento grassava pelo município, dizimando as populações. O nascimento do menino não trouxe nenhum conflito. Bento, ao contrário, tinha uma caduquice com o filho de Joana com Dedé, que era uma coisa insuportável. Beijava-o, mordia-lhe os bracinhos alvos. Joana ficava para morrer de medo e de ciúmes.

Algumas vezes, de noite, a mulher acordava e sentia cheiro de carne assada, que o marido preparava na cozinha.

– Quem sabe era pedaço de anjinho?

Ela se abraçava ao filho, apertava-se a ele e caía num sono povoado de pesadelos, em que o coveiro aparecia comendo o filho de Dedé assado num espeto, entre goles de pinga, sob o olhar temeroso da preta que lavava roupa para a casa do coronel, escondida atrás da porta. A figa da volta de miçanga do pescoço da negra subia e descia.

Afinal, Joana concebeu outro filho, agora do marido mesmo. Ela, porém, antes do filho nascer, já tinha nojo dele, – aquele mesmo asco repugnante com que se entregara, vencida e humilhada, aos amores do coveiro.

Sentia-se indignada de apresentar-se como mãe do filho de Dedé. Achava que o filho de Dedé não lhe perdoaria jamais o haver-se prostituído ao ponto de conceber um filho também do coveiro. E isso a humilhava e revoltava. Era um sentimento complicado, cheio de submissões humildes e de rebeldias impotentes. Em tais ocasiões, abraçava-se ao filho de Dedé, a quem pedia perdões e desculpas ingênuas, para satisfazer seu próprio egoísmo de mãe, enquanto se banhava num doce e terno arrebatamento de masoquismo reconfortante.

O coveiro, entretanto, aguardava o nascimento do filho com um carinho, com uma ânsia quase ridícula. Desde que a mulher se emprenhou, passava horas e horas em casa, consertando uma coisa, arranjando outra. Diminuiu muito a ração de pinga e com a economia comprava utensílios caseiros, panos, baeta.

Chegou ao cúmulo de comprar doze frangos, destinados à alimentação da mulher durante o resguardo de parto. Isso exasperava Joana, que se sentia ainda mais vil, mais suja, mais ofendida. Era conspurcação de seus sentimentos maternos, pois o primeiro filho nascera em plena penúria de tudo. Nem resguardo pudera ela ter; precisava de alimentar-se e para isso tinha que lavar roupa de ganho, fazer sabão, torrar café nas casas das famílias da cidade.

Bento, porém, ignorava esse lado. Esperava ansioso o filho. É que o vício não lhe embotara esse sentimento animal e refinado, embora de um refinamento cruel, que é o de querer a gente perpetuar-se no tempo, pelos filhos. Esse nosso desejo angustioso de ludibriar a morte e continuar a sofrer e fazer besteiras na face do nosso pequeno e desamparado planeta.

Mas isso não vem ao caso.

O que é certo é que chovia na noite em que Joana deu à luz o filho do coveiro. Chovia resignadamente. A tarde morria numa inconsciência diluviana e primitiva. Fazia um crepúsculo calmo, apático, de uma doçura irônica e fatalista.

Bento, ao voltar para casa, heroicamente embriagado, viu uma lamparina no chão. A mulher dormia no jirau. E, envolto nuns trapos sujos, um pedaço de carne, uma caricatura humana, um monstro asqueroso.

Era seu filho. Aquele molambo tenro representava o fracasso de sua última esperança. Inconscientemente, teve alcance de sua grande inutilidade. Sua alma teria o aspecto duro dessas planícies secas, nos dias fumarentos de agosto, onde taras e desequilíbrios hereditários se levantariam em colorações rubras de caraíbas amarelas.

A monotonia encharcada da chuva ciciando lá fora inventava vozes estranhas, figuras horríveis, loquazes como a monotonia mesma.

Num caixote, perto da cama da mulher, o filho de Dedé dormia com uma perninha para fora. Rosada, cheia de dobras de gordura.

O filho de Dedé chorava. A mãe, movida pelo mesmo instinto que leva a vaca a correr para o lado do bezerro que berra, ergueu-se para acudi-lo.

Em conseqüência, porém, do espasmo em que caíra após o parto, não tinha clara consciência do que enxergava. A luz da candeia morria numa distância sem fim. Não alumiava, ressaltava as sombras densas, que se moviam estuporadas, como lesmas negras no fundo rubro e vacilante.

O ambiente de pesadelo fez-lhe lembrar o que ouvira contar tanta vez: que os pagãos, nos dias de Senhora das Candeias, enxergam, no fundo impossível do limbo, uma luz muito fraca que lhes alumia o caminho da eternidade.

"Não seria uma visão do outro mundo?"

"Seu filho não morrera pagão?"

O choro morria estrangulado pelas garras melentas da quietude. Mas Joana podia ver melhor.

Junto à cama do filho de Dedé estava o marido, meio arcado sobre o menino. Ela pulou do jirau.

O coveiro ergueu-se, endireitando o tronco. Tinha os movimentos rápidos, descontrolados. O rosto estava breado de sangue e as mãos também. Havia nas faces dele trismos nervosos, contrações simiescas. Mastigava com os dentes arreganhados.

Joana gritou e o coveiro desapareceu da cena. Quando ela tomou o filho nos braços, uma das coxas, marcada de dentes, estava roída, mostrando o osso. A cicatriz ria sardonicamente e Joana começou também a rir. Depois abraçou a criança, embrulhou-a bem, agachou-se no canto escuro da sala, meteu-lhe na boca semi-aberta o peito e a ficou ninando ternamente:

Tutu calundum,
sai detrás do murundum,
vem pegá neném,
qui tá com calundum.

Foi nessa posição que o doutor Dedé a encontrou no outro dia, às dez horas. À noite chuvosa, sucedeu uma manhã claríssima, cheia de gritos de periquitos.

O doutor empurrou-a com o pé, olhou bastante a cara do menino e depois examinou-lhe as dentadas na perna.

O delegado achou que fosse cachorro que houvesse roído, mas o profissional deu a sentença:

— Esta daí morreu mesmo, aliás, morreram.

O delegado contou que ela se casara com o coveiro e quem sabe não fora ele quem comera a perna do menino? — Todos falavam que ele era louco por carne de anjinho — arrematou.

O doutor riu-se, superiormente displicente:

— Oh! Deus! até onde irá a ignorância de nosso povo!

Então o delegado achou também que isso era mesmo pura besteira. Ninguém comeria carne de anjinho nada.

A virgem santíssima que Joana tinha no quarto, em casa do coronel, estava pregada assim na parede.

O doutor a reconheceu. Estava um pouco suja de titica de mosquito, mas bem identificável.

Olhou então para a defunta e invés dela viu foi uma moça novinha, com a carne iluminada de luxúria, nuinha nos seus braços.

Podia ser dez e cinco de um dia lindo, intensamente iluminado de sol.

TRECHO DE VIDA

Sá Babita não ia nunca ao cemitério nos dias de finados. Quando estava uma manhã muito clara, fresca, ela dava um pulinho até lá e levava flores. Outras vezes era de tarde. Nessas tardes que esticam demais os horizontes, nessas tardes em que o colorido do céu é muito intenso, o verde dos campos e matos muito vivo e em que o negro das sombras muito compridas, espichadas pelos plainos, é muito negro.

Pois foi numa tarde assim que sá Babita foi ao cemitério. Ao longe, no poente impossível, havia nuvens esfarrapadas formando praias brancas, enormes rios lendários, lagos calmos, onde, num esquecimento cristão, boiavam cadáveres claros de nuvens.

Sá Babita sempre me apontava ali no cemitério um lugar onde dizia que fora enterrado um filho dela de seis dias.

– Era um anjinho. Hoje até já tem outro no lugar dele.

O marido de sá Babita era um folgazão. Achava que o melhor que a gente pode fazer aos mortos é esquecê-los e por isso não mandou pôr nem uma cruz no túmulo do filho, que passou pelo mundo na ignorância deliciosa das flores, das folhas, das borboletas. E a mulher, porém, que acreditava na infalibilidade do marido, nunca pôde conformar-se com aquilo. Ela achava um túmulo uma coisa linda, principalmente aquele que tinha um anjo jogando flores petrificadas de mármore no chão, num gesto estúpido e eterno.

Sá Babita considerava-se muito inferior àquelas mães cujos filhos mortos tinham sepultura. Via-as com inveja chegar com toda a família, ajoelhar-se ante o túmulo e ficar rezando um tempinho, em silêncio. Depois levantavam-se, punham as flores, examinavam a estátua e davam início à prosa. A mãe geralmente chorava discretamente, contando aos outros meninos como era aquele irmãozinho morto, com quem se parecia, como foi que mandaram buscar aquele túmulo, tal, etc.

Os irmãos do menino morto que tinha túmulo, por sua vez, contavam aos outros amigos casos sobre ele, casos que ouviram de sua mãe, que supunham fossem reminiscências. Tudo isso punha sá Babita doente. Ela tinha vontade de contar casos de seu filho, mas como? Nem túmulo tinha, nem sabia se onde punha as flores era onde ele estava mesmo...

Nessa tarde, entretanto, encontrando-me com ela, deu expansão a sua mágoa:

– Que coisa horrível! Está vendo aquele túmulo dali?

Sim, estava vendo. Era pequeno, com lápide, muito humilde e modesto.

– Pois é daquele preto que mora vizinho de nós. – Fez uma pausa lúgubre e depois: – Meu filho mesmo... – deu um repuxo nos cantos da boca para baixo, ergueu as sobrancelhas e fez um gesto engraçado com as mãos.

Tive pena da sinceridade do egoísmo de sá Babita e ia falar alguma coisa, quando me lembrei que o silêncio é um grande consolo – talvez o único.

E a tarde ia-se apagando como um corpo que morresse, resignadamente. Numa grandiosa agonia de renúncia.

O CASO INEXPLICÁVEL
DA ORELHA DE LOLÔ

O crepúsculo começou a devorar tragicamente os contornos da paisagem. O azul meigo do céu tomou uma profundidade confusa, onde estrelas surgiam como cadáveres de virgens nuas, em lagoas esquecidas.

Meu cavalo rinchou um rincho digno e honesto porque a ruína de uma cancela pulou de dentro da escuridão, como o imprevisto de uma tocaia, por entre o bamburral alto e triste. A voz irritante de um gué-gué sacudiu a pasmaceira, enquanto a gente podia divisar melhor as ruínas da fazenda, com soturnos currais de pedra seca, nessa tristeza evocativa das taperas.

– Chegamos, – disse o meu companheiro, que de certo tempo para cá vinha embrulhado num mutismo eloqüente, num desses silêncios em que a boca e os ouvidos se fecham para o exterior, a fim de se escancararem mais para as vozes de dentro da gente mesmo.

— Chegamos, — tornou a dizer, talvez inconscientemente.

Uma analfabeta candeia de azeite deslizou de dentro do casarão, iluminando um rosto pelanquento.

— Bas noites.

— Ê! João, como é que vai? Recebeu meu recado?

— É o sinhô, seu Anísio? Recebi, nhor sim. O Joca me falou pra mim trás antonte.

Entramos atrás do morador, que levava a candeia suspensa acima da cabeça. Na varanda grande, em cujos cantos a luz do candeeiro amontoava sombras agonizantes, lavamos o rosto numa gamela. Uma velha trouxe café em cuitezinhos e depois de bebê-lo saímos até a porta, onde João raspava os animais. Um deles já rolava alegremente no chão, espojando-se no pó do curral, bufando de satisfação.

Como meu companheiro entrasse a conversar em assuntos de lavoura e criação com o João, fui examinar a fazenda.

Ao jantar, enquanto me afundava num pedaço de lingüiça, meu companheiro perguntou:

— Então, deu um bordo pela fazenda?

— Dei, sim. Tive uma dó danada de ver como vai tudo em ruína. Parece ter sido um colosso.

– Ah! no tempo do velho, hein, João! – disse o compadre, interpelando o camarada agachado na sombra e que risonho:

– Isso aqui já foi fazenda toda a vida. Agora é que seu Anísio largou de mão.

Anísio era o meu companheiro, a convite de quem viera ali. Conheci-o em Goiás, em 1931. Tinha um Ford último tipo e levava vidão. Jogador e dissoluto, era afável, liberal e canalha, como todo libertino. Era amante de uma loura – tipo enjoativo de cinema – cantora célebre em excursão pelo Brasil.

Ali foi muito aplaudida. Quem não se rendia ante o veludo de sua voz cariciosa, espatifava-se embasbacado de encontro com o imprevisto das curvas perigosíssimas de seu corpo duma lascívia desgraçada.

Nesse tempo, dizia-me Anísio: – "Na mulher a arte é bastante para redimir a prostituta; e por isso é a única forma digna de prostituição."

Entretanto, em 1939, encontrei-me com ele em Bonfim e convidou-me a ir até o sítio. Estava à toa mesmo, fomos.

Agora, estávamos no quarto de dormir da fazenda. Havia um fedor insistente de mofo. Meu amigo continuava cismarento, reinando não sei que ruindade, e em certo momento começou a falar como que consigo mesmo:

– Há vinte anos que venho passar essa noite de 10 de agosto, sozinho, neste casarão. Mas hoje, acho que é a velhice, sinto-me com medo, acovardado. – Seu rosto longo e pálido tinha a tristeza inspirada dos criminosos, dos santos, dos moribundos.

– A lembrança tenebrosa de Branca, – continuou, – me persegue cada vez mais, e quanto mais procuro enterrar a imagem de Branca, mais ela permanece viva na voz de toda mulher que me atrai, no corpo de toda amante que me inspira desejo, no modo de toda prostituta que me consegue acordar o apetite.

– Branca!

Esse nome, de noite, numa sala alumiada a candeeiro de azeite, em cujas paredes sangravam florões encardidos de um forro velho de papel, causou-me um terror quase sacrílego. E depois, aquele camarada, que eu supunha despido de qualquer romantismo, vir confessar um amorzinho vulgar me chocava.

– Está criando um romance para você, não é?

– Criando, não. Já existe. Talvez antes de mim, porque antes dele eu não era o que sou hoje. Ele, portanto, existe e só é preciso que o conheçam. – Tomou uma atitude excessivamente cômica de trágico fracassado, pegou prosaicamente na candeia, abriu a porta de outra sala e mostrou-me quatro retratos pendentes da parede.

Era um barbudão sisudo, com uma comenda no peito – pai dele. Uma senhora de grandes bandós negros – mãe dele. Um rapaz de uma magreza piedosa de penitente – irmão falecido aos 16 anos. E o retrato de uma moça.

Eu já ia dando ao semblante a expressão aduladora, sem-vergonha e convencional para as apresentações, mas impressionou-me a sombra de fatalismo mórbido que marcava os traços doces e desbotados do último retrato.

Seus lábios carnudos palpitavam ainda de mentira e de piedade, por uma ruga sutilíssima de desdém e abnegação.

– Essa é Branca, – disse-lhe eu, antes dele. Anísio fixou-me insistentemente, como se dentro de sua alma duas resoluções contrárias lutassem, e disse:

– Vou confessar-lhe um crime. Ninguém sabe disso, mas eu não agüento mais o desejo de o revelar. É mais do que desejo. É uma necessidade obsedante. Tenho a impressão de que só depois de todos o conhecerem, depois de todos me desprezarem, me humilharem, me condenarem, é que gozarei novamente paz, calma, estabilidade, descanso. Há vinte anos que venho vivendo sob o tormento de não esquecer um só momento esse crime, a fim de defender-me de qualquer acusação, a fim de não levantar suspeitas, nem trair-me. É um inferno. Preciso livrar-me disso, espremer esse tumor.

O rosto de Anísio clareava num prazer masoquista: – Quero contar-lhe tudo. Reviver minha dor. – Abriu outra porta e entramos numa capela. Entre cangalhas velhas e cadeiras quebradas estava um crucifixo. O Cristo agonizante tinha no rosto uma divina expressão de perdão. Anísio, porém, não lhe deu confiança, abriu um alçapão e descemos a escada. Era uma verdadeira cova. Fria, mofada, fedorenta a latim. Atravessamos um corredor escuro e chegamos a uma porta que estava trancada. Anísio rodou a chave, que devia ser gigantesca, mas não era, e penetramos numa sala pequena, baixa.

– Era aqui que meu avô ensinava os negros.

Um correntão inútil e enferrujado escorregava do tronco fincado no meio da sala. Depois, a um canto, branquejou alguma coisa. Quando nos aproximamos mais e eu pude ver direito, senti uma coisa ruim, pelos nervos. Era uma ossada humana, insepulta, amontoada. Ainda me lembra que um rato romântico passeava no tórax vazio. No meu assombro sincero, pareceu-me que era o coração que batia:

– O coração ainda palpita, Anísio?!

Ele ficou duro, com o olhar desvairado, num pavor sagrado, como um médium em transe. O rato fugiu ágil, num ruído pau de ossos.

– Essa ossada foi Branca.

– Ora! – pensei comigo, ela ainda é branca; está é meio encardida, mas praticamente é branca.

Já não me sentia muito seguro e convidei:

– Vamos embora, Anísio?

Ele então deu um coice no esqueleto e nisto recuou de um salto. Corri para a saída, as pernas bambas, o coração batendo na goela; lá é que observei não saber por que fugira e resolvi perguntar o que se dera.

– Veja lá – e ele apontou para uma cobra enorme que se ia enroscando pastosamente repelente entre os ossos:

– É a alma de Branca. Deu-me um bote, mas creio não me alcançou, – disse ele examinando a canela, a botina.

Quando passávamos, já de volta, pela sala dos retratos, Anísio tomou de um estojo de madeira e, chegados ao quarto de dormir, abriu, tirando de dentro uma orelha humana. Parecia um cavaco de pau – seca, dura, preta, peluda, arrepiada. Estava muito aberta, espetando o silêncio, bebendo-o feito um funil. Havia no seu aspecto mumificado uma aparência inteligente, palpitante, tão incômoda, que Anísio a meteu de novo na caixa, talvez para afastar de si essa coisa inconveniente, enquanto narrava o sucedido.

Anísio fora criado em casa do avô, ali naquele sítio, juntamente com Branca, sua prima. Um dia, entre perfumes alcoviteiros de laranjeiras, jabuticabeiras, cafezeiros floridos, Anísio beijou longamente a prima. À revelia deles, a natureza havia desenvolvido certas glândulas e eles assim descobriam um esporte muito interessante e muito gostoso. Cada dia aumentavam temperos vários. Hoje a prima deixava pegar-lhe as coxas. Amanhã eram os peitinhos miudinhos. Outro dia havia apalpadelas entre medos e escusas emocionantes, até que o avô desconfiou da coisa e mandou o neto para o seminário de Goiás, em Ouro Fino. Durante quatro anos Anísio misturou o rosto puríssimo da virgem Maria com a imagem deliciosa de Branca e seus sonhos se constelavam de seios pequenos, entre dolorosas e malucas poluções.

No dia em que Anísio voltou para o sítio, de noite, na varanda, o velho falou, balançando-se na rede:

— Vocês, Anísio mais Branca, devem casar. São os últimos da família que vai desaparecendo como por um castigo.

Branca baixou o rosto e de seus olhos velados ressumbrava mais aziago aquele ar de crueldade e candidez. O velho continuou mudo, seguindo o vôo lerdo de algum pensamento lúgubre, com a rede rinchando.

Mais tarde, estava Anísio ainda no quarto imaginando as delícias do amor de Branca, quando a porta se abriu mansamente e ela surgiu, levemente trêmula. Ele, num assomo indecente de sinceridade, abraçou-a. Mas Branca o afastava num gesto terno de luar, como só as irmãs podem ter, e beijou-o nos cabelos:

– Anísio, quero ser sincera com você. Não podemos casar porque sou uma perdida. – Foi só o que disse e fechou a porta, desaparecendo, como uma visão de pesadelo. Anísio ficou perto da porta apalermado, espremendo as espinhas da cara, com aquela zonzura doida na cabeça, sem saber o que fazer, até que saiu à procura da prima. Chamou pelos quartos, vagueou pela casa feito uma assombração, cautelosamente, para não acordar as pessoas que dormiam. Quando deu por si, já foi com pássaros-pretos cantando nos abacateiros e barulho de gente se levantando, dando milho para os porcos e galinhas. Belisário já gritava com as vacas nos currais, tirando o leite, e o avô resmungava trepado no fogão, ralhando com a negra Etelvina. Como Branca não aparecesse para o almoço, ele perguntou ao avô por ela.

– Homem, sei lá! Ela costuma sempre sair campeando durante dias. – Comeu outras garfadas valentes e completou: – Capaz de ter ido com Lolô. Ele também sumiu...

– Com Lolô, – pensou Anísio, – será possível!

Selou, entretanto, sua besta e saiu à toa, até topar com o rancho da mãe de Lolô que lhe contou haver o filho saído na companhia de sinhá, pras bandas da mata.

Anísio zanzou no matagal o dia inteiro. O animal já estava meio frouxo quando deu de testa com um ranchinho. Devia ter gente porque fumegava. Apeou-se e resolveu entrar. O diabo é que só tinha um punhal, mas que levasse tudo a breca.

Branca estava sentada num toco, no chão, e Lolô soprava o fogo. Mal viu o rapaz, o negro fugiu. Branca nem se levantou, continuando muito calma.

– Mas que papel, minha prima, – disse Anísio, – fugir com esse moleque! Vamos voltar.

Branca balançou a cabeça: – Daqui, só pra diante. Estou cansada do velho, do sítio... – Havia tal resolução em sua voz que Anísio sentiu-se impotente, desarmado. O que começou a crescer dentro dele foi um ódio terrível ao negro. Era um desaforo um moleque fugir com sua prima, meter-se com ela no mato, fazê-la abandonar o velho!

– Que desgraçado! Merecia morrer, o desaforado!

A noite começou a borrar tudo de preto. O mato era aquela massa escura, cheia de estalidos, cheia de palpitações de silêncio, cheia de passos cautelosos no invisível. Anísio estava já longe do rancho, num emaranhado de cipós, perscrutando. Precisava avançar, mover-se. Mas se o negro estivesse mesmo ali atrás desse paulão, de tocaia, com a arma erguida, pronto para o golpe?

Quem sabe ele vinha sorrateiro como uma cobra pelas suas costas? Já um passo miúdo quebrava gravetos no mato. Aproximava-se. O sangue de Anísio batia nas têmporas, como um pilão, enchendo a quietude áspera da expectação. O passo, porém, se afastou, apagou-se no meio do farfalhar dos ramos, do chiado confuso de mil insetos ocultos. Os ouvidos do rapaz se dilatavam para beber o menor ruído; e o mínimo barulho de um graveto partido sob o peso dos pés parece que enchia todo o ermo. E a idéia do negro seduzindo a prima, gozando o seu corpo, esfregando nela seus beiços roxos gelava o sangue de Anísio. Agora estava uma coisa branca agitando-se lá adiante. Era um vulto. O rapaz saiu arrastando-se cuidadoso, ocultando-se de tronco em tronco. O vulto continuava no mesmo lugar, quase imóvel. Devia ser o negro. Não podia ser outro. Ali de onde estava não podia ver bem, mas era próximo e ele ia pular sobre aquilo com o punhal armado, quando uma viração balançou o vulto – era um galho de embaúba.

Assentou-se num tronco para acalmar-se um pouco. Então notou que morria de sede. A saliva na boca era somente espuma, uma saliva visguenta que entalava. Se pudesse fumar! Mas isso chamaria a atenção: a claridade do fósforo, o morrão do cigarro.

A claridade do céu coava amortecida pelos ramos e dali Anísio via uma estrelinha brilhando muito longe, tão indiferente às contingências humanas...

Foi quando para cima da grota brilhou uma luz. Chispas saltavam na noite, num clarão seco e brusco de relâmpago. De certo era o negro tirando fogo no corniboque. Anísio saiu rastejando cautelosamente. O negro estava de cócoras, fumando, investigando ansioso ao seu redor. Houve uns estalos de gravetos, um barulho de folhas e dois corpos rolaram para dentro da grota. Ali Anísio deu a primeira punhalada no negro. Este então se ajoelhou e no escuro da noite seus dentes tinham um brilho opaco de aço de punhal:

– Num mata Iaiá, sinhozinho. Polo amô de Deus. Polo amô da mãe do sinhô que mecê num chegô nem a conhecê.

Anísio meteu novo golpe e o negro amontoou, vomitando sangue. Cá de cima do barranco, para onde saltara Anísio, ainda ouviu a voz engasgada do preto: "Se mecê judiá cum ela, eu venho do inferno."

Branca continuava do mesmo jeito perto do fogo, quando Anísio voltou com a orelha de Lolô, que lhe mostrou: – É a única testemunha de sua perdição. Vamos voltar para o sítio. – Branca acedeu; aproximando-se, porém, da fazenda, perguntou ao primo:

— Você quer matar todo homem que se deitou comigo?

Ele não respondeu. Voltou para ela com um rosto de esturpor.

— Se for assim, só meu avô vai escapar, — concluiu.

Anísio sentia-se disposto a tudo e propôs-lhe deixar o sítio, irem para algum lugar distante, onde não fossem conhecidos, onde ninguém soubesse de sua história.

— Não, Anísio, não adianta nada, — tentou ela explicar. — Nunca poderei amar você.

— Mas por quê, Branca? Sou tão diferente dos outros assim?

— Eu me perdi de propósito, para não casar com você. Sonhei que era sua irmã e desde esse dia nunca mais tive sossego. Eu sei que sou sua irmã.

Anísio achou que aquilo era zombaria dela. Era uma desculpa para idiota, e, irado, trancou-a no calabouço da fazenda. De manhã, como o avô perguntasse por Branca, ele respondeu que ela havia fugido com Lolô, que era uma rapariga muitíssimo relaxada:

— Só o senhor mesmo não conhece ela, vovô. Todo homem daqui já...

A cara admirativa e incrédula do velho recostado na rede azedou de repente para ficar muito branca, muito doce. Tinha esticado a canela.

De noite, enquanto velavam o corpo do velho, que na sua seriedade macabra parecia estar assistindo ao seu próprio velório, o moço desceu ao calabouço:

– Branca, contei tudo para vovô e ele morreu de vergonha. Quer ir lá ver o defunto?

Ela balançou a cabeça.

– Deixe de besteira, Branca, vamos embora. Vou vender tudo aqui e ir embora. Não me importa sua honra. – Branca, porém, muda. Só as lágrimas brotavam em seu rosto duro e desciam pelas faces.

– Vamos? – ele ainda insistiu. Ela dessa vez não respondeu. Atirou ao primo um olhar de um desprezo tão frio e tão cruel que ele não resistiu. Saiu assim meio tonto para o corredor e voltou com uma cabaça na mão:

– Sabe que é que mora aqui dentro? – perguntou-lhe. Branca sabia perfeitamente que o avô, na sua caduquice, tinha a mania de criar ali dentro uma urutu.

Anísio, então, pegou a candeia de azeite, apagou-a e no escuro quebrou a cabaça contra o chão, fechando a porta do calabouço.

Eu já sentia um mal-estar terrível com a narração longa e amarga do meu amigo, por isso saí até a janela. A noite rolava um dilúvio de calma. O céu, de uma beleza impossível, desmanchava-se em luar de perdão e bondade. Somente

Vésper, baixa no horizonte, enorme e imbecil, tinha na brancura fixa de facho uma expressão de ódio e de cinismo. Anísio, porém, soltou ainda essa frase:

– Sabe? A cabaça estava vazia.

Fiquei imaginando o suplício de Branca. Sua espera angustiosa pela aproximação de uma cobra que nunca estivera ali dentro. O seu desejo de que chegasse logo o momento em que o réptil nojento a picasse. O seu terror ante a incerteza de onde estaria esse inimigo terrível. Seus ouvidos atentos, ouvindo o deslizar viscoso do animal perto de seu corpo; sentindo-o enlaçá-la, temendo mudar um passo e pisar sobre ela; receando ficar no lugar, enquanto sentia aproximar-se a urutu que não estava lá dentro.

Um barulho seco e áspero me arrancou dessas cogitações e me chamou a atenção, nem sei por quê, para o lado de meu amigo, onde estava a caixinha contendo a orelha seca do negro Lolô. Era um barulho que provocava na gente uma gastura nervosa, como esse passear arrepiante das baratas nos cuités e cuias, de noite, nas cozinhas e despensas. Estranhei, porém, a cara de meu amigo. Estava retorcida numa careta dos diabos. E de repente, de dentro da caixinha, veio saindo mornamente a orelha. Estava inchada, negra, entumescida. Andava na ponta dos seus grossos cabelos, como as aranhas, bamboleando mornamente o corpo nas pernas.

Marchava com uma cadência morosa, inexorável – um passo estudado e cinematográfico.

Anísio estava lívido, cadavérico, com o nariz afilado e transparente; os olhos interrogavam desvairados a orelha e sua boca paralisara-se aberta, num grito medonho que não chegou a articular.

Corri para a outra sala, chamando João, alguém, um socorro enfim. Ao voltar, encontrei Anísio caído de bruços no soalho.

O cadáver de Anísio inchou demais. Ficou um bolo difícil de ser transposto para Bonfim. Então, no outro dia, cedo ainda, o vaqueiro João lembrou o meio prático de fazer os cadáveres desinchar.

Botou-o numa rede e chamou os vizinhos todos para o esbordoarem. Fiquei horrorizado ante tão bárbara prática, mas não protestei. Cobri a cabeça com a coberta, e mesmo assim ainda ouvia o barulho lá no terreiro – bufe-tibufe-bufe-tibufe.

O ENGANO DO SEU VIGÁRIO

A paisagem era mais ou menos desse jeito – a cidade de cá, o rio no meio e do outro lado a encosta que parecia querer esbarrar no céu sem fundo.

Na beira do rio, tinha uma porção de árvores sempre verdes, mas que se cobriam de roxo, branco, amarelo, conforme a estação do ano. Elas floriam. No meio da encosta crescia um capão, por onde passava uma estrada alva e torta que levava para qualquer parte do mundo.

O campo era verde demais. Manhã tão clara que havia uma névoa azulada para adoçar mornamente os contornos vertiginosos da paisagem bronca.

Manhã de mel.

Seu vigário, na hora da missa, chegou à porta da igreja e olhou para o outro lado. Como tivesse vista curta, perguntou ao sacristão se aquilo que alvejava lá era teia de aranha coberta de orvalho.

– Não, seu padre. É barraca. Acho que de ciganos.

– Ah! barraca. Como é bom ter boa vista! Estava certo que fosse teia de aranha.

Depois do almoço, no largo quieto, cheio de sol, perfumado do recolhimento místico das sombras pesadas das casas velhas, – apareceu o bando de ciganos.

Era um velho que vendia cavalos. Um moço que consertava panelas, tachos – caldereiro. Uma mocinha que tirava sorte e tocava gaita e uma velha de olho furado que vigiava a mocinha tirar sorte.

– Ora, vigiar moça com um olho só! Essa é boa!

Ela tirou sorte de muita gente. Deitou esperanças em muitos corações. Semeava a ilusão – era a sacerdotisa cruel dessa suave e deliciosa religião. Em seus olhos boiavam vagas sombras, reflexos de plagas asiáticas, de regiões que a gente tem a impressão de ter visto, algum dia, numa saudade avoenga.

Em seu sangue, ardiam chamas sagradas de esquisitas magias, de tempos remotíssimos.

A cigana lia o futuro. Lia o passado – esse cadáver que se a gente não enterrar fica fedendo no quarto de pensão que é a vida. Para muitos, porém, a saudade é o cadáver de uma orquídea bárbara, boiando num lago de esquecimento. Cadáver que perfuma, apesar de cadáver.

Todos pagaram para ter entre suas mãos a mão trigueira e fina da diabinha da cigana. Entretanto, houve um (o vendeiro) que não quis comprar o prazer de possuir por um momento aquelas mãos. Achou isso um crime covarde. E odiava surdamente o estudante que pagou a cigana para ler-lhe a sorte dez vezes.

Três dias depois, sumiu a barraquinha do campo.

– Acho que era teia de aranha mesmo, – disse seu vigário, na porta da igreja.

O sacristão preferiu não discutir.

Os ciganos partiram ignorados, pela estrada sem rumo certo, atendendo ao chamado de seu instinto andejo. No largo cheio de sombra e de sol todos comentaram a partida dos ciganos. E o farmacêutico disse:

– Toda mulher bonita adivinha a sorte de um homem.

A ciganinha desconfiou que a vida fazia com ela o mesmo que ela fazia com os outros – pura tapeação. E, heroicamente, ingeriu uma colherada de formicida tatu. Aquela boca, que só proferia palavras untadas de ilusão, se contraiu num trismo feroz. Os olhos de estranhas sombras de hereditariedades nebulosas, que viam o passado, o futuro, perderam o brilho. Petrificaram-se. Cravaram-se indiferentes no infinito.

E turvos, numa ironia parada, pareciam gozar o grande drama da decepção.

E seu corpo luminoso de feminilidades, cheio de desejos insatisfeitos, dançou em trejeitos macabros dança dalgum rito misticamente sensual e de que a raça nômade se esquecera.

Então o vendeiro, que era apaixonado pela cigana, raciocinou taverneiramente:

– Veja só! Ela, que sabia adivinhar o futuro, suicidou-se... – E deixou a frase imprecisa, num contorno vago. E o sacristão perguntou:

– Será que na vida só vale a surpresa?

Mas o olhar embaçado da defunta interrogava dolorosamente o vácuo.

NOITE DE SÃO JOÃO

Era um são-joão com todas as exigências protocolares: terreiro varrido, no meio dele, descansando num X de varas de pindaíba, o mastro pintado de tauá e oca e com o pé à beira do buraco tapado com um caco de telha. Ao lado, a fogueira. Dentro da sala, num altar, a bandeira daquele santo brabo que comia gafanhotos. Na frente da casa erguia-se o copiá feito de piteira e folhas de bananeiras.

Era a ave-maria e reunia-se um povão na chácara. As alimárias rinchavam e se escoicinhavam no curral ao lado, enquanto güegüés insultantes latiam.

Depois da reza, saiu a procissão perfumada da cera queimada dos rolos.

– "Viva São João Batista". O mastro principiou a levantar-se e foguetes rápidos sangraram com arranhões felinos a bondade azul de um céu agora todo empapado de luar. A fogueira batia palmas na noite doce, jogando contra as estrelas punhados de áscuas rubras, iluminando a frente da casa, o curral fronteiriço, os campos longes.

Serviam café com bolo de mandioca. O pessoal barulhento, risonho, cercou a fogueira. Um balão começou a subir. Não. É mentira. Não há balões nos são-joões analfabetos das roças. O que começou a subir pelo céu, mais belo que um balão, foi uma moda de viola. Chorosa, longa, com sabor arrependido de banzo.

Assavam batatas, arrebentavam pipocas, enquanto tiravam as sortes, e um velho, hierático, com pés descalços, atravessava sobre as brasas vivas. Depois uma sanfona começou, fanhosamente, a arrastar pela poeira o ritmo canalha da mazurca e a moçada entrou para o "rasta-pé", deixando a fogueira quase sozinha.

Como então um ventinho frio começasse a bulir com as folhas secas da mangueira lá onde não se varreu, seu Jeremias (escrivão da vila) puxou um toquinho, soprou dele a poeira e assentou-se perto do fogo. Espetou seus olhos vagos, empapuçados, sapiroquentos nas brasas, como se os quisesse assar a todo o custo. A meninada fazia aquele barulhão desgraçado, brincando de pegar nas folhas do copiá.

– Está festa é nacional. Muito nacional e sobretudo católica, – falava um velho, de óculos e cachenê, ao vigário.

Seu vigário, que já havia aquecido a frente do corpo, virou a parte traseira para a fogueira e ficou balançando a batina:

— É. Isso mesmo. Aliás catolicismo e nacionalismo, no Brasil, se confundem.

O homem do cachenê (seu Jeremias não sabia quem era — devia ser de fora) impôs gravemente suas mãos ao fogo, num gesto grandioso de ritual sagrado: — Justamente. Justamente.

Alguém, mais longe, conversava: — "Quantas palavras de amor já não se disseram em ocasiões semelhantes!"

Seu Jeremias colocou essa frase sobre o fundo romântico de uma modinha, acompanhada ao violão, que cantavam lá dentro:

Só quem ama é que sabe quanto eu sofro,
Ó! meu Deus, dai-me alívio ao padecer.
Só quem ama...

Agora ele já não ouvia mais nada. Não percebia o padre, nem o homem do cachenê, nem mesmo a fogueira, porque de dentro de sua memória foi-se levantando o fantasma da saudade, em cuja garupa ele montou, e ficou de olhos parados, meio enfezado, numa feiúra sisudamente inspirada. Recordava uma noite de São João há mais de trinta anos. Havia o céu, havia a terra, muita gente e mais Anica com seus olhos claros e brincalhões enfincados nos dele apaixonadamente, enquanto cantava aquela mesma modinha: – "Só quem ama..." Ela ria-se de um modo provocante, mostrando um dente congestionado.

Seu Jeremias sentiu a mesma falta de fôlego, a mesma bateção de coração que sentira naqueles bons tempos enquanto ouvia Anica.

Lembrou-se, com um certo gozo dolorido, do desejo imperioso que ele tinha de declarar-lhe seu amor. De beijá-la. De senti-la perto de si. De defendê-la contra bandidos que queriam assassiná-la de mentira – demônios e outras coisas imaginárias.

Mas uma declaração era uma violência enorme para ele. Jeremias de noite arquitetava toda a cena: pegaria na mão dela, beijaria, depois diria: "Amo-te muito, Anica, com toda a força de meu ser." Então ela responderia, com lágrimas nos olhos: "Se não casarmos, Jeremias, até sou capaz de morrer."

E a cena, onde se passaria? Na alcova de Anica, por uma noite de luar, à margem de um regato, na igreja... Sim, na igreja ficava mesmo muito a caráter. Muito mesmo. Ficava na igreja, sem nenhuma testemunha.

Amanhecia, porém, inexoravelmente, e ele, durante o dia, não encontrava momento oportuno. De noite, tornava a reconstituir a cena, retocando-a, para adiá-la, no dia seguinte, e tornar a reconstituir, minunciosamente, à noite. Aqui seu

Jeremias, à força de idealizar durante anos o ato, já tinha convicção de que beijara mesmo Anica.

Mas depois se convencia do contrário e, para justificar sua covardia, pegava a imaginar que o pacato pai de Anica era muito mau e não queria o casamento. E embora o capitão Bernardo estivesse louco por empurrar-lhe a filha, Jeremias travava com ele lutas perigosíssimas, de vida e de morte, e chegava até a furtar a moça, fugindo a cavalo, entre tiroteios e mil peripécias. Tudo isso, porém, debaixo das competentes cobertas, confundindo picadas de percevejo com punhaladas e tiros.

Anica se casou num sábado e seu Jeremias ficou aguardando oportunidade. Teve um filho cinco meses depois, outro filho, um parto gêmeo, um aborto, e ele continuou toda a vida aguardando o momento da sua declaração.

– "Ó! meu Deus, dai-me alívio ao padecer" – como era doce a voz de Anica e como ele a amava na ternura provocante de seus olhos claros! Foi quando uma bomba retardada estourou na fogueira. Seu Jeremias deu um pulo e o seu sonho fugiu como um bando de ratinhos, de capetas. Uma das lembranças se escondeu atrás do baú velho dos preconceitos do escrivão e de lá ficou fazendo caretas.

Fedia fortemente a pano queimado. Ele levantou-se, sacudiu o paletó, olhou as calças: – "Não era sua roupa que ardia." Então notou que ao pé da fogueira não tinha vivalma. Só mesmo aquele fedor. Olhou à esquerda. Aí estava sentada uma cinqüentona fornida, com o rosto cheio de barbas, corado do calor do fogo. Dormia. A boca estava aberta e a dentadura, que se desprendera, emprestava-lhe ao semblante um ar ameaçador de cachorro rosnando. Seu Jeremias assustou-se. – "Seria Anica?!"

"– E se ela tivesse ouvido o meu pensamento? Quem sabe ela ouviu minha velha declaração mofada e agora estivesse fingindo que dormia, muito de propósito?"

Reparou bem a carona dela para ver se estava rindo. Não. Não estava rindo. Estava babando, um fio longo.

O fedor continuava insistente.

– "E se ela acordasse de repente e o visse ali ao seu lado?" Sentiu uma vergonha suja de dona Anica, dele mesmo, da humanidade inteira.

"– E se ela acordasse..." Essa suposição lhe deu medo, um medo gostoso, quase criminoso, como se acabasse de declarar seu amor.

Agora, porém, ele pôde perceber: era o chale dela que queimava, calmamente, sem pressa, com meticulosidade malvada. Seu Jeremias afastou-se nas pontas dos pés, ressabiado, achando que algum malicioso o estivesse observando na sombra. E foi encostar-se à porta da chácara, aguardando o momento em que dona Anica acordasse sobressaltada com o incêndio. "Naturalmente a dentadura cairia dentro do fogo ou no chão e se partiria. Ia ser gozado."

Antegozando o susto, ele se vingava de uma maneira idiota.

Entretanto...

"– Amo-te muito, mais do que tudo" – havia um calor quase pornográfico nessa frase.

"– Se não casarmos, meu amor, até sou capaz de morrer" – diziam duas bocas sôfregas, no escuro alcoviteiro de um vão de janela suspeitosamente romântico. Seu Jeremias teve um arrepio e se lembrou de Anica muito gorda, com a boca aberta e a dentadura ferozmente caída e também de seu fantasma juvenil cantando com o dente congestionado naquela antiga noite são-joanina, sobre cujas ruínas floriam ternas saudades. Não pôde reprimir um sorriso amargo, cruel, seco, por onde vazava toda a sua desilusão e toda a sua revolta.

Tirou um taco de fumo do bolso, picou-o caprichosamente e sumiu-se entre os dançadores da sala, lambendo a mortalha de palha: ia à cozinha arranjar um cafezinho para fazer boca de pito.

O DIABO LOURO

Estrugia na chapada o estrupido de mil patas, num batuque de matraca, acordando montes e matas.

No fundo verde-escuro das perambeiras, os córregos vadios gemiam, recordando as bandeiras que assim em estrepolia os revolveram.

– João Leite Ortiz?
– Marinho?
– Anhangüera?

Nada. Era a coluna invicta dos revoltosos. E na curva da estrada, que era um talho sangrento no verde bruto da paisagem, sumia-se a cavalgada.

Ficava só poeira.

Um sol macho amarrava topes de reflexos nos canos branidos das armas. Nos dorsos ofegantes, suarentos dos cavalos, passavam homens maltrapilhos, cor de chão, catadura barbuda e selvagem, chocalhando o guizo das armas.

Atrás, a cauda da poeira.

Varavam espigões, desciam nos vales frescos, transpunham ponte. Queimavam roças, canaviais, cadeias, troncos antiquados, usados ainda em suplícios de chefes bárbaros.

Quando as forças legalistas chegavam num estirão de estrada, viam a malta desaparecendo adiante e, entre a poeira sangrenta, uma madeixa esvoaçando, como um lenço de despedida.

Era o cabelo de Chico Brasa.

Chico Brasa pertencia à coluna pente-fino. Cerra-fila. Viajava com um baita piraí na mão e aquele que retardasse, marchava, quisesse ou não, debaixo do seu relho. A coluna andava tangida por esse capeta ruivo. Nem mortos ele deixava. Só os cavalos abombados, aguados, aguachados. Os companheiros feridos, levava-os à frente de seu arreio.

Os legalistas cuidavam que aquela mancha cor de mijo no meio da pocira era rabo de cavalo. Mas era o cabelo de Chico Brasa, longo, encaracolado.

Ele conservava da antiga farda um resto de culote, uma bota que lhe vinha até os joelhos e o parabélum. Lombo nu ao sol de fogo, cabeça descoberta, com a cabeleira abanando.

Quando falava, todos atendiam.

Um dia foi contra o comandante. Ficou medonho, mas os camaradas gostavam mais dele, pois salvara um paraguaio da cadeia de Corumbá, onde entrou tarde da noite, enganando sentinelas.

Uma ocasião, lá ia de Anápolis uma jardineira com cinco revoltosos presos pelos legalistas. Chico Brasa assaltou-a na estrada e retirou os cinco companheiros, debaixo de uma fuzilaria dos diabos.

Nem uma nem duas vezes andou léguas carregando feridos ou os levando no seu cavalo, enquanto ia a pé. Por causa de um companheiro, não media sacrifícios.

E a turba fedorenta, ferida, maltrapilha, passava tangida pelo gigante d'olhos azuis, barba e cabelos vermelhos, tostado de sol, seminu, gritando e chicoteando feito um demônio.

No pouso ele metia fogo no melhor touro e tirava o lombo. Tinha desses caprichos: respeitar velhos, queimar toda ponte, comer lombo, somente lombo. Vangloriava-se também de que ninguém poria mais arreios em cavalo que ele montasse. Por isso, quando o animal frouxava, cortava-lhe os jarretes.

– Pro meio do inferno! Tem legalista no nosso rasto só para arrebanhar esses animais, tomá-los aos roceiros e vendê-los depois.

Não gostava também de poupar moças. Achava a honra situada num lugar um tanto degradante para sentimento tão nobre.

Era horrível e bruto como argola de laço. Nunca tivera um amor sequer e dizia que toda mulher zombava dele e que todas o haviam amesquinhado, inclusive a própria mãe, que o abandonara numa creche. Quando, pois, sabia de noivos, pegava-os, dava uma boa sova no macho, na frente da moça, e depois satisfazia sua libido com ela em presença do noivo.

Zombava do amor, da família, de tudo: – Amor é uma necessidade fisiológica. – Depois dava risadas, cruelmente escandalosas, gozando o terror sacrílego que esses conceitos despertavam nos companheiros.

No pouso, tocava sanfona ou caixa para a soldadesca dançar. Embriagava-se, punha na boca um cachimbo enorme e exigia que homens, velhos, meninos, meninas, tudo dançasse.

A coluna pente-fino era temida. O povo fugia dela como de uma maldição terrível.

Depois do pouso, tomavam aquelas mantas de carne fresca, punham-nas junto com o lombo do cavalo, jogavam o arreio em cima, montavam e lá iam em tropelia, para parar num lugar qualquer, fazer um foguinho e assar aquela manta de carne salgada de suor, ensebada com o pus das pisaduras, temperada com a pimenta da poeira e da lama.

Ficava para trás o medo, o choro e o terror no coração dos pobres roceiros que não sabiam de nada, nem se eram brasileiros, nem se seu Bernardes mandava no mundo, ou se o Imperador ainda.

Quando a coluna voltou do norte do estado de Goiás, já não tinha munição. As que esperavam vir pela Bahia, não chegaram. O governo infligia-lhes uma caça meticulosa, atiçando ódio de cangaceiros.

Entregar-se, entretanto, seria a morte de todos os desgraçados, que, num momento de exaltação patriótica, tiveram a idéia de melhorar o Brasil. Só lhes restava atacar os pacatos fazendeiros e tomar-lhes à força os alimentos e as coisas indispensáveis à manutenção. E fugir aos combates, às tocaias, movimentando-se com a maior presteza possível, levando consigo os companheiros febrentos, feridos e aniquilados. Brasa morria um pedaço quando via um companheiro ferido ir-se acabando de vagar, sem ao menos um remédio, sem ter sequer uma cama para repousar da fadiga, sem, muitas vezes, ter água para beber.

Apesar da tática excomungada que empregavam, tiveram de sustentar um combate perto de Anápolis, na Rabuleira. Depois dele, os revoltosos, mais acabrunhados do que nunca, tiveram de viajar a noite todinha.

As montanhas sucediam-se. Os Pireneus eram já uma sombra azul-cinza no horizonte sem fim.

Passaram por uma fazenda deserta, triste, apagada. Chico Brasa se atrasara, esperando uns companheiros, e mais ou menos pelas doze horas aproveitou para descansar o animal e dormir uma sonequinha.

Havia uma sombra fresca, num capão, por onde um córrego incerto corria, entre tinhorões e samambaias. Bebeu o resto da cachaça e adormeceu.

Adormeceu.

Quando acordou, foi com uma mulher o sacudindo: – Cuidei que era morto. Nem roncava!

Levantou-se e, sem compreender bem, perguntou quem era ela.

– Sou moradora da fazenda aí adiante.

– Estava lá quando chegamos?

– Cruz! o senhor é revoltoso! – e foi fugindo. Ele a deteve: – Não. Venha cá. Eu não sou bicho, ora bolas! Não faço mal a ninguém.

Ela voltou-se cuidadosa e tímida: – Mas para que vocês levarem essa vida medonha de correria e crime?

– Ora, você não pode compreender. A história é muito longa.

Ela, porém, vendo-lhe os trapos das vestes, as feridas, o semblante resoluto, mas alquebrado, compadecia-se: – É uma pena. Gente bem-criada, com mãe viva, mulher, noiva e agora se desgraçando nas balas dos soldados. Até faz dó.

E num gesto instintivo, acariciando aquele corpo sujo, queimado: – Sem uma casa... – Agora, inocentemente, alisava a cabeleira longa e rubra do Brasa: – Mas vocês são muito maus; – e, como se lembrasse de alguma coisa: – como é sua graça?

— Eu sou o Chico Brasa.

— O Brasa! Chi! o mais ruim de todos. Sube da judiação que fez com um lote de moças.

— Você está com medo de mim?

— Não. Eu até gosto dos homens bravos — era a admiração quase congênita pelos ferozes chefes, seus antepassados, que praticavam a tirania mais brutal nos sertões ignorados — esses velhos sertanejos heroicamente bandidos.

O Brasa, porém, estava rindo estrondosamente.

— Deixe dessa besteira de romantismo. Você quer saber de uma coisa? Estou aqui é de desiludido, sabe?

A mulher olhava ternamente o revoltoso, com uma expressão boa de quem não compreendia nada dessas complicações.

Mas o Brasa prosseguia:

— Fui expulso dos meios honrados e burgueses. Jamais encontrei mulher que me amasse. Uma afinal que se casou com meus galões fugiu com meu bagageiro. Preciso desafrontar-me, modificar as coisas para que outros como eu não sofram o que tenho sofrido.

— Mas o senhor não sabe que Deus fez... — Chico Brasa cortou-lhe a frase com uma gaitada colossal.

— ... Deus fez os homens que nem as águas dos rios?

Chico Brasa dava ainda uns guinchos de riso.

— Essa agüinha, olhe, mexe, vira e vai juntar-se a uma outra perdida nos cafundós desse mundão danado. Assim é a gente.

Do fundo da alma de Chico Brasa foi-se levantando um fantasma romântico de menino de 17 anos. Sua imaginação criou mundos novos, vencendo toneladas de ceticismo livresco e teoricamente científico. O sangue de algum nórdico nebulosamente sentimental corria-lhe pelo corpo, alimentando sonhos e ilusões.

Havia nuvens enormes viajando num céu de calma dolorosa, de fim de alguma coisa muito grandiosa.

Errava no ar o desencanto conformado que gerara os fins de festas, o fracasso das ilusões largamente masturbadas.

O córrego corria no capim fresco. A sombra era enorme e pássaros-pretos brincavam nos buritis da vargem, cantando em paz.

A mulher tinha um timbre novo e fascinante na voz aveludada e morrente. Ele sentia que emanava dela um sentimento novo, estranho ainda para ele. Havia naquele corpo, naquele espírito uma vivacidade ainda desconhecida.

Ela se lhe entregava sem nada exigir, nem ao menos o nome.

As carnes rijas da moça trescalavam um cheiro de flor selvagem, de flor intoxicante, amassada.

Uma fuzilaria quebrou o silêncio da tarde que estrebuchava. Chico Brasa montou a moça no cavalo dela, pulou no dele que pastava perto do córrego e ambos dispararam.

Os tiros pipocavam no seu encalço. Ambos corriam quase juntos, sem falar. Ele não sabia para onde dirigir-se. Juntar-se ao seu bando com aquela mulher era impossível. Era expô-la a pulhas e irreverências e ao mesmo sujeitar-se. Porque ele próprio criara para si um ambiente terrível. Ele mesmo pregara que o amor era uma necessidade fisiológica, que a mulher deveria pertencer a todos, que não existia amor senão na conveniência da burguesia.

Fugir era também impossível. O Brasil todo estava de tocaia para agarrá-lo, levá-lo para o governo a troco do prêmio de um emprego.

Já estavam fora de perigo.

Diminuiu a marcha do cavalo e perguntou à mulher:

– Você quer ir comigo para um lugar que ninguém saiba? (Nem ele mesmo sabia.)

Mas ela estava pálida, com olheiras roxas, cambaleando no arreio. Chico amparou-a nos braços. Chamou-a. Os olhos dela estavam vidrados, embaciados.

A noite pegou a cair com essa renúncia irremediável dos sonhos irrealizados. Do fundo do vale subia a treva de mistura com pios de saracuras e curiangos nostálgicos.

Ele chupou num beijo o resto de vida dos lábios brancos e semicerrados, continuando a marcha com aquele fardo mole e visguento.

Atrás, no mesmo trote apressado, vinha o cavalo dela, tilintando os freios e os estribos bambos.

Mais adiante, no vau de um rio, ele resolveu atirar à água aquele corpo, para que os peixes comessem aquelas carnes ainda agorinha tão vivas, tão trêmulas, tão agitadas de gozo.

Ia para cortar o jarrete do cavalo da amada, mas não teve coragem. O animal o cheirava, resfolegando, com as grandes ventas dilatadas, olhando para ele com uns olhos negros, em que havia um brilho de sentimento quase fraternal, reconfortador e amigo.

Tirou-lhe o freio. Amarrou os estribos em cima da sela e o espantou, fazendo-o arrepiar caminho.

Os cascos do animal foram cutucando a noite como um tantã fantasma até que o som se perdeu ao longe, abafado pelo escachoar das águas.

A luz cambaleantemente rubra das fogueiras iluminava a fazenda grande. Pelo curral, porcos mortos; um novilho jungido ao moirão olhava a fogueira, onde nacos de outros bois se tostavam.

Um tropel martelou o zunzum confuso.

– Viva o Brasa!

Um cavalo caiu abombado, gemendo na terra fofa do curral. Figuras sonambulescas agitavam-se à luz incerta das fogueiras rubras e trepidantes. Caras sangrentas, vestes rotas.

– Viva o Brasa!
– Venha tirar o lombo, seu Brasa!

Ele nem dava ouvidos. Chegaram com um garrafão:

– Experimente. É das boas.
– Não. Não quero.
– Chi! o homem voltou fulo, sô.
– Que teve, chefe?

Sanfonas choravam mágoas simples na noite clara. Homens gritavam, cantavam para afugentar o temor, num fatalismo inconsciente.

Cheiro de pinga, de carne assada, de trapo queimado, de suor.

Chegou um tenente embriagado: – Tem um casal de noivos aí da pontinha, seu Brasa. – Cambaleou, cuspiu um cuspo comprido, cheirando a heroísmo. Entraram na casa o tenente e o Brasa.

Quartos escuros, portas escancaradas. Homens dormindo pelos cantos, vestidos e calçados ainda.

Archotes passando aqui e acolá.

– É mais adiante. – Vararam a cozinha, entraram na casa do monjolo que pilava em seco.

Lá no fundo, alvejava um corpo de mulher, amarrada com os pulsos nos esteios, como uma crucificada.

Os seios roliços tinham a eloquência de um gesto perdido no ar. Era quase impúbere.

O bêbado ria, pegando-lhe as formas, apalpando-as com volúpia. Em frente, nu também, o noivo.

A moça chorava, pedia, rogava por tudo quanto era santo, procurando cobrir o rosto com o cabelo e a vergonha com as pernas trançadas.

Já uma multidão invadia o quarto, para gozar das graças que o Brasa costumava fazer nessas ocasiões.

— Você quer tomar conta dessa gaja, Brasa? — Brasa chamou um camarada, mandou-lhe que soltasse a moça e gritou:

— Vocês, seus cachorros, fora daqui.

Os homens fugiram. O bêbado pôs-se a rir:

— Uai! Você agora virou padre? Virou puritano?

Brasa, da cor de baeta, ia desamarrando a moça, calado, impassível.

— É muito tarde, seu santinho. Quem sabe você acha que é direito exclusivo seu desvirginar as donzelas. Cê é besta!

Lá fora gritavam.

O Brasa, muito branco, com o lábio descorado, tremendo levemente, sapecou uma chicotada na cara do tenente:

— Solte agora o homem, seu bêbado! Não pode ser isso. O amor é sagrado, é eterno. Precisa ser respeitado, — dizia aos berros, sacudindo mais chicotadas.

Foi quando um clarão pisca-piscou no quarto e um estampido sacudiu o ar.

O Brasa levou a mão ao peito e foi-se ajoelhando devagarinho, como se estivesse negaceando alguém; como se quisesse rezar uma oração de que há muito se houvesse esquecido.

Nesse momento exato uma corneta rabiscou no silêncio aziago a curva rubra de sua voz, despertando nos homens sentimentos bélicos.

Eram inimigos, já se ouviam tiros. Ao clarão das fogueiras que alumiavam o curral, as matas longe, a fazenda, – vultos passavam.

Soava o batuque confuso de mil patas, batendo, recuando, avançando.

Animais passavam diante da claridade das fogueiras e suas sombras se projetavam no chão, nas paredes, no mato longe, muito aumentadas, como se fossem legiões de gigantes, de monstros, em disparada maluca.

Depois sumiu-se na estrada o bando, que se escondeu atrás da noite. Entretanto, os que iam atrás de todos, os cerra-filas, fugiam como loucos.

É que sentiam o vulto de Chico Brasa, como um diabo, chicoteando-lhes as costas. A sua presença era sentida. E mesmo depois disso, os legalistas deram notícias de sua madeixa ruiva, no meio da poeira, feito uma mancha de mijo acenando adeus.

Ele, porém, ficara espichado no chão do quarto, com a cabeleira loura derramada na terra batida e o sangue escorrendo da boca aberta.

Os olhos azuis pareciam um poço entre grama verde, cheio de tinhorões e samambaias, refletindo a paisagem calma de uma vereda, com um capão e silhuetas fantásticas de buritis, num poente amargo de fim de festa.

O ERRO DE SÁ RITA

Era como o tio tenente dizia sempre: – Rita é uma desmancha-prazeres. Ela própria reconhecia isso, mas que havia de fazer? Era sorte.

Sua mãe se enamorara de um estudante que foi embora e nunca mais voltou. Sete meses depois da saída dele, Rita nascia e a mãe morria de parto. O avô, um ano depois, de desgosto da ação da filha. E na agonia, agitando as barbas brancas, cuspiu uma blasfêmia terrível à alma da filha desonrada.

Rita sobrou como um trambolho. Seu erro todo foi aparecer naquele amor.

Quando pequena, doente, a avó vivia incomodada com ela e não podia nem sair de casa e acompanhar as filhas aos bailes, às festas. As moças descompunham a sobrinha e iam para as janelas disfarçar as mágoas conversando com os namorados. Aí, porém, estava o olho detetivesco de Rita, que descobria os menores passes da técnica amorosa e contava à avó e era aquele inferno:

– Olha o exemplo de sua irmã, menina.

Com muito custo ficou moça e os conhecidos diziam que Rita se estava enfeitando, mas nada – sempre feia e doente. Num passeio, era sempre triste, pessimista, desconfiada, com o estômago enjoado, amargando a alegria alheia. Se conversava num grupo de moças, não havia assunto porque o riso de Rita gelava o calor das futilidades juvenis.

Um dia o tio tenente veio visitar a mãe. Fazia doze anos que estava fora. Trouxe bagageiro, trouxe mulher. Trouxe cachorro, filhos e outras coisas bélicas. Foi um verdadeiro inferno.

Os netos voltaram benzendo bicheira com a casa da avó. Rita gritou com um menino que não corresse atrás do gato. A mãe dele tomou as dores, veio o marido tenente e ameaçou Rita de prisão, que ela era desmancha-prazeres, que era melhor que sumisse e deixasse a velha em paz:

– Filha disso – soltou um palavrão. A velha estourou na sala com um chilique. O militar embarcou no outro dia.

Rita pensou em fugir, casar, empregar-se. Mas era impossível, impossível.

Depois que a velha morreu, passou a incomodar parentes e amigos. "Tinham que sustentá-la. Era parenta. Que não diriam os outros. – A família já era tão censurada."

Quando havia muito trabalho numa casa, véspera de festa, por exemplo, lá vinha sá Rita com seu vestido cor de obra de menino novo e sombrinha de seda cor de vagalume morto!

Era aquele corre-corre. Precisava de fazer sala para a Rita e os doces se queimavam, meninos apanhavam e ela muito calma, sentada, contando casos e rolando olhares untados de desânimo e amargura. As moças passavam indiretas em sá Rita, mas ela era tão ladina que fazia de conta que não tinha compreendido nada e continuava a lastimar-se da sorte.

À igreja ela sempre chegava depois de começada a missa. Tinha seu lugarzinho certo. Não se importava de que ficassem nele, mas logo que ela chegava havia cochichos, afastamentos, apertos, gente caindo na ponta do banco. E sá Rita passava pisando nos vestidos, nas pernas, para se encolher no seu cantinho.

Infalivelmente à hora do evangelho ela pegava a tossir. "O padre já falava tão baixo e aquela tosse por cima... que diabo!"

Sá Rita, fiel ao seu programa mundano, resolveu morrer num dia em que se comemorava o centenário da cidade. Como tinha parentes importantes, inclusive o juiz de Direito, aguou a festa. Misturou baile com velório, dobres de defunto com foguetes e vivas dos discursos.

Isso, na cidade pequena, piedosa, foi um descalabro. As velhas beatas, chorosas, falavam:
– Acho bão as meninas não ir ao baile...

Os velhos empanturrados de preconceitos olhavam para as moças com o focinho meio tristonho e concordavam. Era xingatório, choro, contrariedade.

Se xingatório levar alguém para o céu, eu sei onde a senhora está, sá Rita. A senhora, dona Rita, foi idiota somente em ter surgido naquele amor. A gente não pode fazer isso não.

O PAPAGAIO

De manhãzinha, quando Sinhana acordava, o papagaio já estava remedando joão-congo na cozinha. Ela então abria a porta e ele subia pra cumeeira do telhado e danava a cantar, a imitar galinha, corrida de veado – au, au, au, pei – matou o veado, o couro é meu!

O louro tomava um grande lugar na vidinha molenga da lavadeira. Conversava horas a fio com ele, coçando-lhe libidinosamente o piolho. O papagaio arrepiava as penas do cocuruto e fechava os olhos numa delícia sem-vergonha que encantava Sinhana. Por último, porém, ele vinha ficando tristonho, sisudamente ajuizado. Já não fazia aquela algazarra brejeira de menino sem propósito.

Nessa derradeira entrada de águas então ele se encorujou de uma vez no poleiro, alongando as pupilas verdolengas pelo céu cizento. Tinha hora que reagia, sacudia as asas, dava uns gritos enérgicos, dilatava a íris, mas não passava disso. Recaía na sua embriaguez de responsabilidades e preconceitos poleirais, triste, sem graça, desapontado por aquela demonstração idiota de alegria.

Foi um dia de quinta-feira. Sinhana voltou do "corgo", chamou o louro e ele não respondeu. Fugira. De primeiro, quando isso acontecia, Nossa Senhora! era aquele deus-nos-acuda. Sinhana saía de casa em casa avisando que, se vissem o louro, tivessem a bondade de o pegar e levar para ela. Fazia até promessas para guardar o papagaio das pedradas infalíveis dos estilingues dos meninos da rua da Palha. Se os meninos iam entregar o louro no rancho de Sinhana, ela fazia um festão. – Ques menino bão, gente. Entra, fio. – Dava pé-de-moleque, dava ovos, fazia farofa com rapadura pros meninos – era aquele agrado sem limite.

O Bebé, filho do defunteiro, descobriu isso e, quando estava carecendo duns ovos assim para fazer uma fritada, esperava Sinhana sair para a fonte e furtava o papagaio, escondendo-o debaixo dum jacá no bamburral do fundo do quintal.

Com mais um pouco, olha o banzé na rua da Palha:

– Sá Chiquinha, a senhora num dá notiça do louro não? – Chiquinha era uma baiana gorducha que morava em frente de Sinhana – fazedeira de renda.

– Vi não, Sinhana. Tenho tempo de vê nenhuns papagaio nada. – Embora tivesse muito trabalho e estivesse apertada de costura, largava os bilros enfezada e saía também procurando o louro.

– Louro, ó louro. Cá o pé, nego – era a voz de Sinhana atroando a rua. Todo o mundo saía procurando o louro, revirando as vassourinhas, os ora-pro-nóbis das cercas.

– Parece que eu vi um papagaio falano lá pras bandas do Taquari, Sinhana, – vinha informar Bebé, muito sem-vergonha, para aumentar o tormento de Sinhana, pois pras bandas do Taquari morava o sargento, inimigo número um do louro.

De tarde, lá vinha Bebé com o louro no dedo, entregá-lo pra Sinhana e receber o dinheiro, pois esses agrados de bobagem ele não aceitava mais. Sinhana não desconfiava de nada. Tinha um querer bem danado com o moleque e permitia que ele – e somente ele, hein! – entrasse no quintal dela para apanhar lima, laranja, abacate, manga, cana. Era um quintalão bem cuidado, cercado a mandacaru e a pinhão. Naquele dia, porém, ela ficou conformada. Não perguntou nada à Chiquinha baiana, não gritou o louro – nada. Resignou-se egoisticamente. Achava que, se ele não fugisse, iria certamente morrer de tristeza. Perdido por perdido, que morresse livre. – "É melhor assim, soltar a gente tem dó."

Mesmo certa disso tudo, de tarde, foi até o fundo do quintal, na beira do rio, e olhou furtivamente para as árvores, para o capim, desculpando-se com a observação de plantas, de ninhos de galinha, com uma vontade que não era bem vontade de encontrar o louro. Era uma vontade arrependida. Se o encontrasse, bem; se não, era isso mesmo.

Teve uma hora que Sinhana levou aquele tranco. Um bando farrista, em voluteios verdes de fox, pousou na copa da mangueira e ficou numa algazarra de moleque, roendo as mangas que amadureciam. A tarde descambava e mais no fundo do quintal os sabiás tinham pios doídos de saudade.

Ela ouviu um grito diferente de papagaio no meio das folhas da mangueira e o bando gárrulo aquietou-se, apagou as labaredas alegres de seus gritinhos vivos. Ficou um silêncio morno. Em seguida o bando levantou vôo. Sinhana sentiu um amargo na boca. É que atrás do bando veloz seguia o louro – encardido, trôpego, gritando risonho.

Lá adiante, porém, talvez para dizer um adeuzinho à Sinhana, ele soltou uma palavra. Foi o desastre. O bando deu uma reviravolta repentina, dispersou-se, deixando sozinho na sala imensa do céu o pobre do louro, que lá se foi só, num vôo cambaleante, chamando os companheiros. Tudo isso porque o louro fedia a palavra hipócrita humana. Egoísmo civilizado. Fingimentos protocolares. E os bichos de Deus não gostam de nada postiço.

Sinhana viu o papagaio sumir-se desajeitado no crepúsculo; teve vergonha por ele, teve raiva dos outros, imaginando mil coisas, que aquilo não era papel para o seu louro. Tão bem comportado, tão delicado sempre.

De noite, a vizinha fora conversar com Sinhana. Sentadas no batente da porta da rua, ela falou que vira na limeira um papagaio que imitava muito o louro:

– Ele num fugiu?

Sinhana teve vergonha de contar a fuga da ave: – Eu mesmo sortei o bichinho. Coitado, tava tão jururu. Esses bicho a gente num é de prendê.

A vizinha concordou, mas lembrou meio sentimental:

– Tô inté com sodade dele. De minhãzinha, que monã que ele num fazia! – Sinhana também sentiu uma saudade dilacerante do louro e não se conteve, confessando que o tinha soltado, o louro, mas que estava muito receosa dele morrer de fome, ou ser devorado por algum bicho do mato: "Ele é muito mansinho demais e num sabe caçá mais trem pra comê" – arrematou.

Daí, a vizinha passou a contar casos: "Nhô pai matô uma veada fema, dano de mamá pruma cabritinha, e intonce troxe a cabritinha pra casa. Foi criada na mamadeira, cresceu, ficô taludona.

Aí nhô pai ficô cum pena da bichinha, apois a infiliz pegô a vivê banzeira pulos canto do terreiro, polas horta. Tinha dia que a veada cheirava assim o á da manhã e berrava, berrava, chamando os companheiro. Vai, nhô pai sortô a pobrezinha no campo.

Num conto nada, Sinhana, obra de uma sumana, óia urubu fazeno roda na beira do currá. Fumo espiá, num vê que era a viadinha morta! Ficô cum sodade de casa, mas quede achá jeito de vortá. Morreu de fome."

— É devera, — concordou a mulher do defunteiro, — o coati lá de casa foi desse jeitim, sem tirá nem pô. Com a diferença que o coati fugiu mesmo.

Sinhana vivera aqueles casos intensamente, de uma maneira atroz. Já sentia um remorso profundo em haver soltado o louro, pois assim ela o cria, tal era sua cumplicidade na fuga. Entretanto, ao contrário, de maneira nenhuma havia livrado o bichinho e devia esclarecer isso às amigas. Mas agora, já era tarde. Desdizer-se seria feio e todas a tomariam por mentirosa.

O melhor era despedir-se e sair arrasada de remorsos.

Em casa ainda pensou durante muito tempo, contrariada. "Que diabo, devia ter ido ver na limeira. Vamos ver que a uma hora dessa ele estava lá sendo comido por algum gambá, por formigas."

Sexta-feira cedo a lavadeira olhou demoradamente o céu, as árvores, o chão: enganava-se com esse raciocínio – quem sabe o bicho está aí penando, passando fome?

Sábado, quando ela abriu a porta do terreiro, viu penas verdes espalhadas pelo chão. Mais longe um pouquinho, perto do canteiro de cebolas, estava o cadáver de um papagaio, quase que pelado de todo, sujo de lama, com a cabeça mascada. A lavadeira sentiu muito, e um remorso áspero começou a roê-la, com as histórias da vizinha zunindo na sua cabeça: "Era uma viadinha mansa toda a vida. Um dia meu pai sortô ela de dó. Num conto nada: daí a coisa de uma sumana óia urubu fazeno roda perto do currá. Fumo vê o qui era e lá estava a viadinha morta. Coitadinha, ficô com sodade de casa, mas tinha medo de vortá. Morreu de fome." Sinhana, para lavar sua culpa na morte do papagaio, resolveu vingá-la. Pegou o xale, rebuçou a cabeça e foi à farmácia comprar um pouco de veneno para botar na carniça, pois assim, quando o bicho que pegara a ave voltasse para o banquete, morreria fatalmente.

O farmacêutico, entretanto, não podia vender tóxicos, a não ser com indicação médica: — É a senhora que vai suicidar-se, Sinhana?

Sinhana voltou amolada e contou para Chiquinha Baiana que encontrara o papagaio morto no fundo do rancho. E ficaram ali conversando, quando chegaram outras pessoas – a mulher do defunteiro, a Bilinha – e todo o mundo da rua, em fúnebre comissão, foi com Sinhana ver o cadáver da ave. Ante o corpo pelado do louro, Sinhana lá ia dando ao focinho as pregas e dobras estilizadas para um choro gritado, dos brabos mesmo, desses que a gente reserva para os filhos. A vizinha, porém, se lembrou em tempo:

— Será que é o louro mesmo? Óia lá que é outro, Sinhana!

E podia muito bem ser outro, de verdade. Sinhana adiou o choro para depois de identificar o cadáver.

PAI NORATO

Aos 18 anos pai Norato deu uma facada num rapaz, num adjutório, e abriu o pé no mundo. Nunca mais ninguém botou os olhos em riba dele, afora o afilhado.

— Padrinho, eu evim cá chamá o sinhô pra mode i morá mais eu.

— Quá, fio, esse caco de gente num sai daqui mais não.

— Bamo. Buli gente num bole, mais bicho... o sinhô anda perrengado... — Esse diálogo se passava no fundão da mata, numa grota. Ali havia trinta anos morava o velho. Maltratara tanto o corpo que ele se reduziu a um feixe de ossos, nervos e pele, com músculos que nem arame. Sua casa era uma furna escura.

Sabia onde ficava o ninho da noite, mãe das sombras. Ela roncava no papo feito jibóia e de tarde a gente podia vê-la crescer em ondas concêntricas, em vibrações proteiformes até tomar conta da terra, do céu. Aprendeu a dominar as antas e as onças com seu olhar de faquir. Levava caça aos gatinhos de suçuaranas entocados nas moitas de tabocuçu.

Quando as sombras sacudiam as asas viscosas no seio da mata, os olhos de pai Norato pegavam a crescer. Ao redor da gruta outras chamas passeavam lerdas, mortiças, ardendo: antas, onças, cobras, de tocaia. E os olhos arregalados do asceta destilavam uma luz violácea que adormentava a bicharada. A onça esturrava e o monge saía com passo firme por entre os troncos respeitáveis. Lá por cima penduravam-se bambolins de fios de sol, catléias se abriam em gritos coloridos. Embaixo o solo podre, humoso, mole, cheio de cobras, escorpiões, centopéias, mosquitos.

Paus se erguiam como para escorar os céus. Cipós amarravam troncos, estorciam-se em orgasmos frenéticos para beber o sol que os jatobás, e aroeiras, e tamburis tapavam. Apertavam os madeiros. Chupavam-lhes o sangue, a alma. Matavam-nos e tomavam-lhes o sol depois. Havia uma política porca, uma luta brutal pela vida, humanamente brutal.

Outros brotos apontavam. A claridade era muito distante. Rastejavam como cobras e iam beber o fogo que escorria de um vão de folhagem. Se a luz mudava – mudava-se também o ramo cobarde.

Pai Norato assuntava nisso tudo. Desde cedo matou em si a besta feroz – a libido. Seu corpo mantinha-se puro de contatos femininos, fortalecendo assim a porta mais fraca para a perdição da alma.

Um som rouco de trocano africano – dum-bugundum – dum-bugundum. O velho rumava por entre o labirinto sombrio dos troncos musguentos. Na boca do mato, na aguada, um homem: – Pai, vim pidi um responso pro sinhô. Meu ané de aliança se perdeu.

– Pode i, fio, ele é de aparicê de novo. – E mergulhava outra vez na luz verdolenga da mataria. Barbas de raiz, braços de tronco seco, pele de casca de pau, – era o seu aspecto bravio. E ali, entre os troncos imemoriais, à luz azinhavrada e doentia que a mata coava, como se fosse um fundo de mar, tinha o velho um ar asperamente sagrado de profeta e demônio.

Depois, entrava na gruta. A gente até cuidava que era um toco de pau sem galho e sem folha lá dentro. Um dia, dois, três, quatro, – uma semana inteirinha sem comer, sem beber, sem falar. E mediunicamente o suplicante era conduzido ao lugar onde jazia perdido o anel.

Tornava a reboar o tantã do tronco, num ronco rouco, generoso, que subia pelo alto feito um fumo sagrado. Pai emergia à luz polícroma.

— Oi, tio, minha vaca tá morre num morre, cum uma bicheira.

Ele se virava para as bandas onde devia estar o animal, benzia, clamava, transfigurado e fanático. Não sei, mas a vaca sarava mesmo.

Vivia disso: beberagens contra gálico, benzeduras, responso, fechamento de corpo, etc.

O afilhado tanto fez, que um dia o padrinho deixou o mato e pela primeira vez em trinta anos saiu à luz crua do sol. Foi morar com o afilhado. Não gostou, porém, de couro de boi para dormir; fazia o fogo fora da biboca, agachava-se, punha um taco de fumo na boca e ficava apostando com a fogueira quem apagava primeiro o olhar. E a fogueira, na noite, tinha a linguagem muda, mas inteligível dos astros. Saíam labaredas que nem cobras, estirando-se pelo chão, fazendo desenhos horríveis nas paredes, no curral. Cansadas de bailar, piscavam os olhos de brasa, refletindo dentro das pupilas duras de pai Norato, e morriam.

O afilhado saíra para longe e a mulher chegou-se: — O sinhô aí fora, padrinho — e pegou-lhe a carapinha. Ele estremeceu. Aquela mulher bulia-lhe com a castidade que há tanto tempo guardava. Rugia no seu subconsciente a fera quase domada, mas pronta sempre para atacar. Se ela embalava o filhinho na rede, ele resmungava um padre-nosso para não ouvir o canto.

Nas noites quentes, pesadas de mormaços, o resfolegar da mulher parecia que estava chamando o monge. A escuridão pesava nos ombros, sujava a cara dos homens. Ele tapou os ouvidos. E ainda assim ouvia o resfôlego da fêmea.

Acendeu uma candeia para se distrair e, não se contendo afinal, foi até o jirau e apalpou a afilhada.

– Que isso, padrinho?

Ele ficou sem jeito, os olhos feitos duas tochas de fogo.

De manhã, o velho quis ir embora:

– Não, padrinho, assunta bem: se o minino adoecê, adonde a gente i buscá um recurso prele. A gente sozinha toda a vida nesse oco de mundo. – O velho ficou, mas a saudade do mato veio vindo e por isso ele resolveu ir até lá. Mexeu, virou e só viu um mandruvá e uma taturana. Vinha de volta, quando ouviu uns estalidos leves. Uma canguçu de orelhas chatas o negaceava. Dentes arreganhados, o rabo batendo sem parar. O monge pregou-lhe os olhos: bichinho, bichinho, bichinho! E a bruta veio mansa, libidinosa, roçar nele o lombo num frêmito histérico de mulher.

– Hum, tô forte ainda!

O rio era aquele gatinho manso que passava lambendo graveto, lambendo a pedreira, carregando as folhas secas, no fundo da casa.

O rio era aquele cantador de viola, em cuja alma se refletiam o batuque das estrelas nuas, perdidas no vácuo milenariamente frio do espaço, o verdor do capim, a beleza das manhãs e a tristeza da tarde. Depois ele ia cantando isso de perau em perau, de cachoeira em cachoeira, nos gorgolhões brancacentos das espumas.

Aí a mulher estava enxaguando umas roupas, quando o velho deu-lhe um toque.

– O sinhô, padrinho, com essas besteiras... meu marido teve confiança.

– Ocê decede. Do contrário seu fio morre. – O rio lá ia cantando de perau em perau.

Na noite pesada de mormaços, o resfôlego da afilhada não deixou o velho dormir nem uma ave-maria. Bebia-o pelo ouvido sôfrego, danado, espiando o cardume das estrelas valsando, subindo.

Amanheceu nevoentamente e o menino estava morto.

Roxo, duro, malhado.

– Ah! padrinho, foi o sinhô.

– Eu não, uai, foi jararaca.

– Qui jararaca, qui nada, coisa ruim. Ocê é o cão, viu. Vô contá tudo pro meu marido. Deixele chegá, porqueira. Sai daqui, peste dos infernos.

Norato passou mão do piquá, atirou-o às costas e foi de cabeça baixa pela estrada. Lá adiante uma acauã brigava com cascavel. O sol muito alto punha um arrepio luminoso no bronze longínquo do horizonte.

Mesmo na boquinha da grota, topou com o afilhado: – A bênção, padrinho.

– Deus te abençoe.

– O sinhô vai se embora?

– Vô. Sua muié num qué a gente em casa. Qué ficá sozinha... o fio morreu e levantô farso ne mim.

A mulher contou tudo ao marido, que ele estava se adiantando com ela, com umas conversas esquisitas...

– Mas num pode, muié, ele é santo. Ele nem quando moço num tinha fogo – e foi atrás do padrinho, instou, fez tudo que pôde, mas ele não quis voltar.

Aquela mulher estava azucrinando ele. Já tinha amansado tudo quanto era bicho, só ela, a diaba...

– Deixe estar – e fincou os olhos no mais profundo do céu. Depois tirou de dentro do piquá uma cabaça. Rodoleiros cor de casca de ferida braba saíram tontos, em movimentos lerdos, desceram por um lado, por outro, e fincaram o bico na mão dele.

– Tá varado de fome, cão – e guiou com seu olhar morno os bichinhos para dentro da cabaça de novo. Depois embrenhou-se na verdura da floresta. A onça estava com uma carniça de veado quente ainda amoitada nas folhas secas.

Tirou um taco de pacuera e voltou. Então varou o campo.

Perto do rego, erguia-se um cupim, feito peito de moça donzela.

Uma boipeva saiu de dentro num pulo. Enroscou-se em bote, batendo a labareda da língua. Ele atirou-lhe o fígado, em que a bicha deu uma porção de botes, dentadas, enrodilhando-se nele. Com pouco ela foi-se soltando, afrouxando os anéis lubricamente, vagarosamente. A barriga brilhou que nem prata candente. Tímida, langue, foi se metendo no buraco do cupim. Ficou somente um pedaço de fora, como se fosse um pus grosso escorrendo de um tumor que veio a furo.

O anacoreta, aí, destampou a cabaça e sacudiu-a em cima do fígado babujado. Os animaizinhos, em movimentos tardos, fincaram os bicos na carne, para largar quando estavam redondinhos. Recolheu de novo as bolinhas para dentro da vasilha, arrolhou, botou no piquá e lá se foi no seu passinho ligeiro, pela trilheira tortuosa.

Daí a três dias a cabaça chiava num som seco, irritadiço. Os "mundices" queriam sair para comer.

Quero-queros voaram gritando, porque vinha gente no trilho.

O afilhado tomou secamente a bênção do padrinho; nem o convidou para entrar para a cozinha. Pai Norato bebia no ar o cheiro da fêmea:

– Num foi mais vê a gente, hein? – falou ao afilhado e disfarçadamente deixou cair-lhe na calça grossa de algodão cru um rodoleiro esperto, seco, horripilante. O velho despediu-se.

De noite, num couro de boi, esticado, duro, jazia o afilhado. Inteiriçado na sisudez impenetrável dos cadáveres.

A mulher chorava, aos gritos.

— Taí, sá dona, intãoce foi o véiu? — perguntou sereno o monge. — Ocê levantô um farso, minha fia.

A noite sufocante de silêncio tinha um cheiro de defunto. Na escuridão do rancho, os olhos de pai Norato atraíam irresistivelmente e um medo ruim sojigava a mulher. Sentia no ambiente a presença invisível do marido a defendendo.

— Padrinho.

Naquela noite, pai Norato achegou-se ao jirau da mulher e ela não se opôs.

No outro dia, à boquinha da noite, pai Norato foi à mata. Havia sol nas grimpas, mas embaixo já estava meio escuro. Ele viu um punhado de candeias lá no alto — eram sumarés.

Sob a quietude úmida de vitrais, Norato sumiu. A suçuarana esturrou grosso e marchou agachadinha para ele. Siderou-a com olhar duro de anátema.

Correu um frêmito de gozo no fio do lombo da fera. Tremeu-lhe o dorso de veludo. O rabo elétrico movia-se sem parar e ela espreguiçou-se, abrindo a bocarra vermelha num bocejo mau.

Cada vez ficando mais escuro, agora uma massa preta pôs-se a arranhar troncos, amolando as unhas, fazendo cavacos saltar longe.

Depois, só duas tochas de fogo vieram andando pras bandas do homem, que suava, tremia, arquejava.

E a tocha multicor ia chegando: rubra, azul, amarela, verde. Tornou a afastar-se, miou baixinho feito gato querendo pegar pássaro-preto. Veio mansa, ronronando para ser alisada e de supetão, quando o velho a estava alisando, foi aquele pincho.

Assentou-lhe as patas na goela, rasgou, puxou as carnes com a dentuça afiada e faminta. Dilacerou-lhe o ventre e em seguida arrastou aqueles molambos lá para a grota. Plantou esse bagaço no chão fofo, cobriu de folhas secas e fugiu num coleio bambo do lombo luzidio.

Do alto escuro da mata pendiam flores roxas, amarelas, vermelhas, que alumiavam a noite como velas.

Na grota, do meio das folhas secas, os olhos do monge ainda luziam mortiços, cansados, feito dois morrões. Outras tochas ferozes, lívidas, passeavam aqui, acolá, entre os troncos atléticos.

Acendiam-se, apagavam-se. E a mata inteira se iluminou – os troncos, os paus podres, as folhas, o solo, os pirilimpos, os corós de fogo – tudo ardia numa luz violácea.

AS MORFÉTICAS

Eu ia num caminhão carregado de sal, de Anápolis para Goiás, a velha capital. Passara por Nerópolis, onde tomei, com o chofer, um bom copo de leite quente, tirado ao pé da vaca, no maior dos atentados legais contra os direitos dos mamotes.

O dia vinha nascendo, e a cada volta da estrada meu sentimentalismo tomava murros deslumbrantes de paisagens lindíssimas. O caminhão urrava heroicamente, vencendo as chapadas úmidas.

Esse capim sempre sadio e bem-disposto desta região do Mato Grosso goiano invadia a estrada com uma alegria violenta, brincalhona, de menino que passou lápis na parede alva do vizinho. Por causa disso, havia pontos em que a estrada era só dois riscos vermelhos, paralelos, onde as rodas voavam.

Tinha hora que o carro torcia da estrada, metia-se pelo campo afora e lá se ia por muito tempo. É que os choferes fazem também estradas por conta própria e quase sempre são as melhores.

Agora, por exemplo, a estrada se estendia numa reta imensa, subindo uma encosta, no meio da mata. Mas mata carrancuda mesmo. De muitos anos.

De cá, a gente tinha a impressão de que a estrada fosse dois mastros altíssimos enfincados verticalmente e tão longos que se confundiam num único no topo. Mas o chevrolé rugia furioso e os dois mastros paralelos molgavam-se, deitavam-se por baixo das rodas do veículo.

Uma várzea azul, de buritizais dum verde latejante, deu-me um soco na retina e sumiu-se logo, sem que pudesse observar pormenores sem que a pudesse compreender ao menos.

Até hoje tenho saudade dessa paisagem. Foi a mais linda que jamais vi.

Ainda subíamos o morro e o motor fervia, gemia, chacoalhando os ferros velhos. O chofer, que era de Catalão, contava um caso emocionante de conquista amorosa. Pegou, porém, a amolentar a palestra, espacear as palavras, como se estivesse preocupado em observar outra coisa, falando mais por um automatismo. Dividia a atenção, num caso particular de acrobacia psíquica.

Quando afinal galgamos a chapada, o condutor brecou o carro e foi olhar alguma coisa. Estava com medo de quebrar-se a ponta-de-eixo.

– "É. A sem-vergonha da ponta... num seio..."

Que danado! No meio daquela barulhada infernal de ferros velhos, mesmo conversando intensamente em assunto de mulheres, discernira alguma coisa diferente no carro. Isso é que é ter ouvido educado, fiel, desgraçado.

Podia ser meio-dia quando o carro estacou de supetão. O rapaz, risonho, constatou o que previra.

– "É. Num tem jeito. Só dando um pulinho na Goiabeira".

– "Quanto teria daí lá?"

– "Ora, quase de grito, ali mesmo atrás do morro. Só quatro léguas." E tirando o calçado, meteu a chanca com raiva na estrada. Foi buscar socorro. Fiquei vigiando a máquina.

O sol tinia. O dia muito claro tinha vibrações e tremores luminosos nos longes incalculáveis. O que vale é que milhares de mosquitos vieram fazer-me companhia, dançando, cantando, beijando-me. Que silêncio dolorido e cheio de ensaios de sons, o do campo! De vez em quando o pio medroso de uma ave abria círculos concêntricos na lagoa de prata da quieteza.

Umas nuvens muito grandes começaram a formar-se no meio do céu. Um bando de urubus brincava de roda-da-flor, na rua vastíssima do infinito, subindo, até sumir-se atrás das nuvens, como se se escondesse atrás de algum móvel, de uma moita. Depois, um se desprendeu daquela altura encapetada, e com as asas feito duas foices, veio descendo numa velocidade enorme. Atrás dele vinha outro, em perseguição. As asas dos brutos chegavam a assobiar roucamente...

Foi quando eu, que estava deitado no chão com a barriga pra cima, dei aquele tranco: uma cascavel tiniu seu chocalho com uma raiva selvagem, que abalou o bochorno. E o guizalhar áspero de sua raiva ficou empestando a calmaria, dando uma gastura enjoada na gente.

A paisagem começou a amansar-se, como se caísse no êxtase de um transporte volutuoso. Tomava uns tons serenos de sombra o azulão cru do céu. O mato longe, perdia o ar grosseiro; tomava um ar caricioso de amante que ninasse um filhinho que nunca pudera ter. Tive a perfeita impressão de que o céu fosse uma fêmea histérica, chorando o cadáver do noivo. Do noivo que morreu de congestão.

Um lobo esguio confiadamente se aproximou do caminhão, assentou-se nas patas traseiras e ficou banzando, muito compenetrado, trocando as orelhas.

Nisto, ouvi um cachorro latir. O lobo levantou-se, farejou o espaço e sumiu-se no bamburral com sua carreirinha malandra. O cachorro longe latia. Naquele isolamento, pareceu-me ser o latido ainda mais amigo e senti uma grande vontade de beijar o cachorrinho, agradá-lo muito. Coitadinho. Todo esse amor canino era porque o meu estômago tinha também uma fome de cachorro, e, por dedução, antevia a possibilidade de alguma refeição.

Saí à busca do morador, que logo topei.

À minha chegada ao ranchinho obscuro e humilde, o cachorro (cadela, aliás), opôs uma resistência épica. Ante, porém, o meu avanço, fugiu, meteu o rabo entre as pernas e foi ganir lá na cozinha, como se a houvesse espancado muito. As lágrimas, afinal, assentam para o belo sexo.

Mas o diabo é que a pobre da cachorra me matou o arroubo de carinho franciscano. Fui achar um animal cheio de calombos, peladuras, orelhas gafentas e pesadamente caídas, como se fossem duas folhas sujas de lama.

– Devia ser morfético. Mas será que cachorros também ficam morféticos?

– Oi de casa! – e o rancho continuou varridamente silencioso, numa paz que cheirava a rancho recém-varrido, com o chão meio molhado ainda, para acamar a terra fofa que a vassoura poderia levar.

Fui até a cozinha. Tudo deserto. Na varanda havia uma mesa posta, com arroz, carne de porco, farinha, feijão e uns bolinhos muito bem-feitos. Tinham sido manuseados com carinho e arte. Viam-se ainda as marcas dos dedos que os acalcaram. Comi alguns. – Oô de casa, – tornei a gritar. Se alguém chegasse e me tomasse por ladrão ficaria sem jeito de defender-me. Entrando feito gato, feito cachorro, sem dar satisfação:

– Ô de casa!

Nada. Resolvi então jantar.

Já satisfeito, dirigi-me para a sala e me espichei numa rede ali armada. Pus-me a analisar os fatos: – Que coisa esquisita, ninguém aparece! Podia bem ir-me embora, voltar para o caminhão. – "Mas se chegassem os donos da casa? De certo eram gentes interessantes, alguma moça bonita, bonita."

Embora a minha certeza de que nunca houvera fada fosse plena, estava esperando que entrasse daí a pouco uma mulher muito linda pela sala. O crepúsculo vinha vindo macio, como um gato cheio de intimidades, entrando pelo rancho. – "Era a psicose do dia, hora das dúvidas. Pelo céu já brilhavam luzes milenariamente misteriosas, de astros que talvez vivessem apenas pelos cadáveres de suas luzes, mumificadas nos trajetos incalculáveis, fossilizadas nas camadas interestelares dos bilhões de anos-luz". – Essa frase me lembrou assim de repente. – De quem seria ela?

Mas a virgem viria linda. Entraria. Começaria a despir-se e sua carne cheirava e iluminava como uma brasa meu sensualismo. Ela ainda não me havia visto e agora que me percebeu queria ocultar a vergonha, as suas formas pudicas, fugindo para dentro do quarto.

Agarro-a freneticamente. Ela treme, tem no rosto o medo delicioso das crianças. Numa reviravolta, entretanto, muito natural em sonhos (eu já caíra numa sonolência boa), começa a abraçar-me levemente, – vai beijar-me. E, de súbito, transforma-se numa fera terrível – morde-me.

Dei um pulo da rede: mas na verdade braços invisíveis me agarravam com raiva e bocas fedorentas me mordiam as pernas, o rosto, os braços.

Na luta, agarrei fortemente um rosto. Pelo tato, senti que corria dele um pus grosso que me sujou a mão: – Será que é baba?

Notei mais, que o rosto não tinha nariz e estava cheio de calombos e poronós.

Minha vista se acomodou ao escuro e pude divisar quatro vultos que se moviam; tentavam segurar-me e os seus braços se agitavam em gestos trôpegos, fantásticos. Tentei abrir a porta do rancho; felizmente cedeu. Então me lembrou a lanterna elétrica do bolso: foquei os vultos.

Eis o que vi: quatro espetros vestidos de xadrez, apalermados ante a luz forte. Tinham as faces encaroçadas, as orelhas inchadas, tumefactas, uns tocos de dedos retorcidos e engelhados, o crânio pelado e purulento. Principiaram a conversar entre si. A voz saía fanhosa, fina, soprada pelo nariz. Uma voz nojenta, leprosa.

Resolvi pôr as pernas em movimento e fugi feito um maluco. Teve um vulto que me perseguiu até bem longe, até que estourou no chão, donde se pôs a xingar, numa raiva impotente, escabujando.

Voltei para certificar-me se era verdadeiro o que tinha visto ou se não fora alguma alucinação, algum pesadelo. Egoisticamente procurava iludir-me, interpretando como uma dessas piadas visuais. Infelizmente, porém, numa grotinha, lá estava o animal nojento da morfética caído de bruços, fazendo esforços colossais para se levantar.

Quando lhe iluminei o rosto com a lâmpada, seus olhos me apareceram brilhantes, nadando num poço de pus e podriqueira, nas órbitas roídas, sem sobrancelhas. A cara encaroçada e balofa não tinha nariz e pelo buraco a gente via até a garganta arfante. Os dedos eram uns tocos encolhidos, retorcidos.

O pior era o pé, isto é, a perna. Porque pé não havia. Ela se equilibrava nas pontas dos ossos das canelas.

A mulher cuspiu-me um cuspo fedorento no rosto. Meu ímpeto foi de matá-la, mas reduzi isso para um pontapé naquela fuça: – "E se saltasse mais podridão na gente?"

– "Qual! o melhor era fugir, lavar-me, desinfetar-me. Uma povoação qualquer, quanto distaria?"

Nesse momento o cachorrinho pegou a latir, procurando defender a mulher caída. Latia no duro, com os olhos esbraseados, balançando as orelhas pesadas.

Apontei com um gozo satânico o meu revólver e espatifei-lhe a cabeça. Afastei-me gozando a vingança: – Se não fosse o latido do desgraçado eu nunca teria passado por aquele momento!

O chofer estava arrumando o carro. Contei-lhe o caso todo e ele mandou-me que "sentasse gasolina im riba do coipo".

– É bom mesmo?

– "Ah! um santo remédio. Agora, bom mesmo é se o sinhô quisé tacá fogo despois." Deu uma baita gargalhada. – "Aí num tem pirigo de ficá macutena. De jeito nenhum!"

Só me restava conformar e escutar o condutor derrubar a teoria dos micróbios, em que não cria, descrevendo as mandingas e as coisas-feitas que produzem a morféia, a tuberculose, a sífilis – gálico – para ele.

Ouvia tudo aquilo cristãmente horrorizado, sentindo já no corpo milhares de arrepios e tumescências, enquanto os faróis estupravam as trevas, abrindo rasgões brutais de luz no breu.